守护

袁瑰秋
赵洁
巫国明
著

花城出版社
中国·广州

图书在版编目（CIP）数据

守护 / 袁瑰秋，赵洁，巫国明著. -- 广州：花城出版社，2022.9
　ISBN 978-7-5360-9633-2

Ⅰ. ①守… Ⅱ. ①袁… ②赵… ③巫… Ⅲ. ①报告文学－中国－当代 Ⅳ. ①I25

中国版本图书馆CIP数据核字(2022)第156922号

本书由广州市委宣传部、广州市文联支持出版

出 版 人：张　懿
责任编辑：周思仪　王梦迪
技术编辑：凌春梅
封面设计：八牛·设计

书　　名	守护 SHOUHU
出版发行	花城出版社 （广州市环市东路水荫路11号）
经　　销	全国新华书店
印　　刷	深圳市福圣印刷有限公司 （深圳市龙华区龙华街道龙苑大道联华工业区）
开　　本	880毫米×1230毫米　32开
印　　张	8.5　2插页
字　　数	155,000字
版　　次	2022年9月第1版　2022年9月第1次印刷
定　　价	68.00元

如发现印装质量问题，请直接与印刷厂联系调换。
购书热线：020-37604658　37602954
花城出版社网站：http://www.fcph.com.cn

谨以此书

献给那些舍身忘我、不舍昼夜护卫我们平安生活的人民警察

引 子

"梦里的珠江缓缓地流,向南到海不回头。"

每当这样温柔优美的旋律响起,我们都以为那一份岁月静好天经地义,同时也深知有人在为此负重前行。

现实的广州人从来都认为最好的生活就是吃足一碗安乐茶饭。

但没有任何平凡的日子不需要付出代价。

广州,这个人口超过1800万的大都市,要保证它正常的运转就已经需要付出"洪荒之力",何况它还有数不清的聚散、盛会、迎来送往,国内以及国际的大事、要事每天都在发生,要做到守一城而护万民谈何容易。

然而也就是在这一方水土之上,有着3万多名人民警察,他们日夜坚守在自己的岗位上,我们在都市最不起眼的角落都能看到他们的身影,是他们用汗水和生命守护着这座城市和人民的安宁。

李世全，就是这千万名警察中的一位优秀战士，他平凡普通却像高山大河，他默默工作却若星辰灿烂，他永远与这座城市同在，与我们同在。

记录他，就是为了记录广州公安这支钢铁般的队伍，记录广州一代又一代的人民警察，在中国南大门这片改革开放的前沿阵地上，为这座城市所奉献的点点滴滴和所建立的不朽功勋。

目 录

第一章　重阳前夜，他倒在白云山麓　　1

第二章　"大安保"护一城平安　　27

第三章　流花之治，一场没有硝烟的战役　　71

第四章　广交会，看不见的铜墙铁壁　　87

第五章　2008春运的冰雪危局　　113

第六章　1698个亚运安保方案　　139

第七章　"你好，广州110"　　169

第八章　永不掉链子的"螺丝钉"　　205

第九章　致敬！新时代的护航人　　227

第十章　他们共同的名字：人民警察　　243

第一章

重阳前夜,他倒在白云山麓

位于城市中心的广州市公安局指挥大楼，高层可以清晰看见白云山。不知道李世全在这里有多少次遥望过长年青葱的悠悠山麓，也不知道他习惯在心情放松的时候还是在工作紧张的时候凝望东北方向的白云山。

山，就在那里。

第一章

2020年10月24日，星期六，农历九月初八。第二天，就是中国的传统佳节九九重阳节。

重阳节前后，广州人都有"重阳登白云山祈福步步高"的传统习俗。广州市公安局每年都会在前一晚到白云山检查安保工作、慰问执勤民警。按照工作安排，市局指挥中心和政治部值班领导随同上山检查。

政治部主任李世全下午有会，而且这些天他一直奋战在检查疫情防控工作的第一线，非常辛苦。所以一开始，他并不在预定的当晚上山名单之列。

但白云山是李世全的"老阵地"，30年前，他刚参加工作时，每年的"白云山重阳节安保"，他都是必须前往的。他不但对白云山的每一沟每一坎都了如指掌，还是早期"白云山重阳安保方案"的设计者。多少年来，所有安保人要考虑的"险要环节"都已被他的双脚踏平，而2020年，又处于疫情防控的特殊时期，重阳节安保的情况可能更加复杂一些。所以当天晚上7点多,开完会回到市局后,他还是决定亲自上山看看那些熟悉的面孔,慰问一线辛劳的战友们。

进入庚子鼠年以来,一系列突如其来、出其不意的压力,挑战着广州警队承受的极限。作为人民警察,他们毫不犹豫地挑起重担,一直奋战在疫情防控第一线。每天的时间表都排得满满的,每天心里的那根弦,都不敢有丝毫的放松。

晚上8点,李世全离开办公室,下楼坐车前往白云山。谁也没有想到,这一去,他就再也没能回来……

一

广州市公安局指挥中心大楼门前宽阔的停车坪,入夜后半凉半热的夜风,飒飒地吹。

时任广州市公安局指挥中心主任的欧日文记得,当晚大家约定的是8点出发。8点前,欧日文先一步到达市局指挥中心大楼大厅等候,同时,指挥中心办公室的甘露也到了。

李世全匆匆赶过来,身体前趋,脚步快疾,永远齐整的板寸发小平头,两鬓斑白,一脸儒雅的笑意。他和同车的欧日文握了一下手,看起来和平时没有什么不同,精神头永远都是那样充足,只是声音略有一些嘶哑。

甘露一边催他们上车,一边盯着李世全的皮鞋说:"今晚上山，最好是穿运动鞋。"

"多少年了，都是这种鞋啊，鞋底软，都不知道上过多少次白云山了……"李世全笑笑地说。

车到白云山，李世全一行走到售票口，了解排队登山的队伍长不长，疫情防控措施落实的情况并慰问现场工作人员。

看见李世全来了，相熟的民警都凑过去和他搭话："都说是疫情期间，我看今年的人流比往年还大。"

"往年重阳登高人数都在十万上下，今年疫情，估计会少一点点，应该能降个两三成吧？"李世全笑眯眯地回应着自己的老部下们。

公务车继续上行，过了一会儿，在能仁寺停了下来。这里是检查慰问的第一个卡点，广州市公安局公交分局的执勤点就在能仁寺旁边。

甘露走在前面带路，和李世全一行保持着几米的距离。突然，她一回头，发现原本跟在大家后面的李世全没有跟上来，人多嘈杂，他正用一只手捂着耳朵，弯腰接听一个电话。

待他紧走几步踏上台阶，转弯后跟上来时，甘露发现他已是满头大汗，那汗简直就像是打开的喷淋一样，她赶紧掏出纸巾递给他，有些警觉地问："李主任，有没有不舒服啊？"

他一边擦汗一边摇头说："没事，快走！"

就在甘露又奔出人群要赶去前面继续带路时，突然听见身后有异常的响动，她一转头，只听见李世全"啊"了一声，然后后仰着倒在身后的人身上，人群中惊慌地发出一声声"啊——"的尖叫。

身边的人都傻了，甘露像惊马一般冲过去，拨开人群，把李世全尽量放平在地上。

只见李世全脸色煞白，大口大口地吐着气，急促起伏的胸膛里只有出来的气，却不见往里吸气。旁边的同事大叫着"快叫救护车"。

甘露在参加到公安队伍之前，曾经当过运动员，学过一些紧急状况下的急救，也见过种种触目惊心的抢救过程。她跪在地上，对李世全施行心肺复苏。

"按压的部位是胸骨中下1/3交界处双乳头连接中点，每分钟100—120次，深度5—6厘米，30次心脏按压之后，做两次人工呼吸……"

这些口诀她一直会背，但以前也只是在模拟娃娃身上练习过。现在是生死一线、措手不及，万万没有想到第一次实操，竟然是在自己最敬爱的战友身上。

几分钟后，救护车来了。一男一女两个年轻的医生。他们给李世全打上点滴后，却一直不见滴下去一滴。

欧日文举着输液瓶，甘露扶着担架和李世全一起上了救护车。

十分钟左右的时间，救护车在白云山的盘山公路上呼啸着，九曲十八弯地回环。欧日文他们从来没有感觉到，白云山的山路竟然是这么长，长得好像永远都到不了尽头。

救护车上，甘露一刻也没放松过心肺复苏的动作。救护车一路颠簸，担架进去后，腿脚的支架无法放下来，这就导致了对李世全的心肺复苏术只能站着进行。颠簸的车上，担架吱吱作响，欧日文一只手高高举着吊瓶，另一只手还得护着甘露和担架。

一下、两下……三十下……每一掌下去，必须是5—6厘米的深度，每下去一次，甘露都必须踮着脚，她的脑海里不断浮现出小时候在伊犁尼勒克乡村公路上遇到过的一幕。她和弟弟乘坐的拖拉机突然熄火，停在路边，高大的哈萨克族司机叔叔跳下车，用力拉动了几次油门拉绳，拖拉机又"轰"地一下"突突"地跳动起来。

此时此刻，她是多么希望自己就是那个神通的哈萨克族司机，拥有一根万能的"命运拉绳"，可以重新拉动李世全的心跳"突突"地跳动起来。

她的手不停地按压。她看见他的身体出汗了，又冷却了。十分钟过去了，李世全却依然没有一点向好的迹象，一种无力回天的、不祥的预感突然笼罩着她，她的手开始发抖，接着全身也开始发抖。她开始流泪，眼泪无法控制地奔涌而出。

二

救护车一路狂奔，李世全被送到广东省人民医院急诊室，随即被转入心脏内科重症监护室（CCU）。主任医师薛凌等迅速采取了体外呼吸机支持，也就是目前国内最先进的ECMO（体外膜肺氧合）的紧急救治。

体外膜肺功用和"电击"是一样的。

广东省人民医院心脏内科重症监护室（以下简称CCU）位于广州市越秀区东川路。CCU成立于1958年，隶属广东省心血管研究所心内科，其心血管专科在国内保持领先地位，是华南地区最大的心血管病治疗中心。据了解，CCU的医疗技术雄厚，重点收治心内科的急危重症患者，对急性冠脉综合征、急性心力衰竭、恶性心律失常以及主动脉夹层、重症心肌炎、妊娠合并心脏病等心血管危重病人的治疗抢救有着丰富的经验。

尤其令人关注的是，CCU针对急性心梗开放的绿色通道，他们通常的做法是，紧急实施介入治疗，使其早期恢复心肌血运重建。这条绿色通道挽救了大批患者的生命。

从白云山能仁寺到省人民医院，救护车一路呼啸了十几分钟，惊心动魄。尽管一路上都有不停地进行心肺复苏急救，但是李世全没能在心脏骤停患者所谓的"黄金4分钟"内醒来。就在这个CCU，在世界上最先进的ECMO体外膜肺抢救半个小时后，李世全依然没有醒来。

20多年前，西安姑娘薛凌从沈阳的中国医科大学毕业后走进这个科室就再也没有离开过，对于薛医生来讲，她每天面对的六楼CCU的玻璃门每开合一次，就有像李世全这样垂危的重症患者送进来。薛医生见过许多像李世全这样的病人，他们都有共同的表象，看起来年富力强，十分壮实的样子，有像李世全这样刚刚从工作岗位上送过来的，也有在运动场上生龙活虎却突发心梗送过来的。几天前，就送来过一位在羽毛球馆大力扣杀后突然倒地的患者。

当晚，广东省、广州市的领导也赶到医院，了解李世全救治进展情况，现场协调医院方面全力以赴开展救治工作。

三

纵有万般不舍，李世全还是走了。

ECMO在李世全身上持续循环了21个小时之后，停止了工作。

那一刻，白云山登高的人流开始井喷，李世全静静地躺在CCU的病床上，洁白的床单裹着他有些肿大的身体，他接受着周边刚刚摘下机械管道的医护人员的默哀敬礼。按照他30年惯常的从警日历，如果不是躺在这里，此刻他一定是在白云山登高安保现场，挂着对讲机不停地奔走在各个安保卡点。

薛凌医生对李世全死因的医学推导结论是：心肌肥厚造成心律失调引发的心源性猝死。

采访薛医生之前，我们查阅了有关数据：全国每年猝死的人达55万，平均到每天是1000多人。而光是警队，每天就有1—2名警察猝死。对于这个数据薛医生有点愕然。预约的采访她只给了我们一个小时。就在这六楼医生办公室采访她的一个小时里，她两次跑出去病房处理病人的一些突发状况，都是刚刚收治的病人。

薛医生说猝死分为两种类型，一种是心源性，一种是脑源性。李世全的状况就是典型的心源性猝死，是长期的高血压导致心肌肥厚引发心律失常所致。

关于这个潜伏在李世全身体里近十年的可怕的高血压，我们从陈丽琳那里得到确认。

陈丽琳，时任广州市公安局内保支队的支队长，此前她在广州市公安局门诊部负责体检工作，具体掌握过李世全的有关体检情况。

从她提供的2017年以来李世全的体检报告中，我们得知：2017年12月20日，李世全在体检时，测量血压为收缩压191mmHg，舒张压118mmHg。这样高危的数据，每时每刻都有爆血管的危险，而这种最高危组的患者常常还是无症状的。

当时，医生面前这个49岁的汉子，脸色黑沉，一副急匆匆又要走的样子。那时，他刚刚从越秀区副区长、公安分局局长调任广州市公安局政治部主任不久。

医生一把拉住他说："你不能走了，得马上住院。"李世全说："我下午还要开会。"医生正色道："你是想要命呢，还是想去开会？命都没了，你拿什么去开会？"

那一次他住院6天，也是自认为身体壮实的李世全，从小到大第一次住院。这个过程，连他的家人都不知道。

其实说是住院，他也没耽误一天工作。这期间，他每天都要去医院推一种针管很粗大的针药，推完针后穿上外套就去单位上班，单位的人也不知道他在住院。一天他批改文件的时候，血从胳臂埋针管的针眼渗出来，顺着手腕流下来，幸亏一旁的同事发现得快，没有流到文件上。

中山大学附属第一医院2017年12月26日开具的出院诊断上，记录着49岁的李世全的身体状况：1. 高血压病3级，极高危组；高血压病心脏改变、心功能I级。2. 结构性甲状腺肿。3. 肾结石。4. 胆囊结石。5. 高脂血症。6. 高尿酸血症。7. 左肺肺大泡。

熟悉李世全的人，只知道他长期吃饭不规律，胃病发作时，常常像焦裕禄一样，习惯性地用手顶着腹部。大家并不知道，他的身体已经开始全面报警，就像他那辆开了快十年的二手车，时时发出拖拉机一样的声响。

2018年，任凭陈丽琳怎么劝说，李世全也没去体检，面对这个"医从性"最差的上级，陈丽琳是一点办法都没有。她曾多次试着让他身边的同事去催，结果同事也是被骂回来。

2019年5月24日，李世全体检报告上显示：血压偏高，左心室肥厚。血压的数据是收缩压130mmHg，舒张压90mmHg。这是一个医学上认为的指标临界点的正常数据，显示了在药物控制下的李世全身体的一个动态。但或许正是这个数据，让李世全和他身边的人都大意了，觉得只要按时吃药就行，但他常常忙得连吃饭都忘记了，又怎么可能每天按时吃药。

"有一次，他忙到方便面都坨成糊糊了，就那样直接喝下去。"

这是李世全的同事小傅无意中说出的一个细节。时任越秀区副区长、公安分局局长的李世全，从外面检查完安保卡点回来，在越秀分局指挥中心液晶大屏前坐下来，泡了一包方便面正要吃的时候，看见液晶屏上显示街面一个卡点有异常情况。他放下方便面又赶去现场查看，两个多小时后回来，方便面已经糊成一团。他又不舍得扔掉，就倒了一些开水进去搅拌搅拌，然后全喝下去。

他是一个对待工作事无巨细，凡事都要求十全十美的人，轮到自己就只能对付着一半一半，饭吃一半，觉睡一半，澡洗到一半……包括他50余岁的人生，也只是活了一半。

进入2020年,负责体检工作的陈丽琳在微信里一直催李世全体检,而他就一直往后推。从3月推到5月,最后推到8月。但是8月过去了,他又推到了10月。10月,戛然而止的生命不再给他推辞的机会和理由。

薛凌医生反复告诫说,体检很重要。有症状一定要去看医生。现代人的眼睛总是向外的,越忙碌的人,越是无法观照自己的内心,所以体检成为必须,有了心悸、胸痛、胸闷、特别疲惫这些症状,一定是身体在报警。像李世全这样的貌似无症状的患者,他们的身体不是没有报警,而是被他们习惯性地"克服"或者说"战胜"了。

薛医生说,广州市目前正在推广AED(自动体外除颤器),AED能够自动监测心率,在必要时通过电击让心跳恢复正常,具有心肺复苏无法替代的功能,可极大提高心脏骤停患者的存活率,而且它便携、易操作,是可被非专业人员使用的医疗设备。它可以帮助我们在"黄金4分钟"里用好每一秒钟,适用于无数个匆匆忙忙正在路上的"李世全"。

据了解,进入2021年以来,广州地铁已完成两轮AED试点入驻工作,站内分两批安装了超百台AED。2021年2月5日,广东省人民医院公布与广州地铁集团公益合作即将开启,省人民医院拟向广州地铁捐赠10台AED,并同步对地铁工作人员进行急救课程的培训,争取达到每10万人口配备100—200台AED的国内一线城市标准。

四

2020年10月31日上午10时，李世全同志送别仪式在广州市殡仪馆白云厅举行。

李世全因公牺牲后，广东省的各级领导先后做出指示和批示，表达对英雄的哀悼和褒扬，对家属的关怀和慰问；充分肯定他忠诚使命、鞠躬尽瘁的优良作风，要求做好善后优抚工作。

31日上午，省、市有关部门，市公安局各部门的领导和民警代表，以及李世全同志的亲属和生前好友参加了最后送别。

白云山下白云厅，送别的队列里，600多双送别李世全的泪眼里有着600多种不同的追思。

彭国安，时任广州市公安局内保支队政委，是李世全初入行时带过他的"师傅"。最后告别的时候，彭国安一次次透过鲜花间的缝隙，换着角度想再看清楚一点李世全的脸。直到最后一步从李世全的身边走过，他都很茫然，心里铅一样地堵着，透不过气。直到走出白云厅，看见相熟的老同事迎面走过来，他终于走不动了，一把抓住老同事的肩头，放声痛哭起来。

一个快要退休的老男人、一个在公安系统干了几十年的老警察，哭得鼻涕眼泪一身都是。

白云厅是广州市殡仪馆最大、规格最高的告别厅，白云厅外的送别路上，像彭国安这样哭到失声、失态的人有几多，谁也不知道。

李世全离开的消息第一时间传来的时候，他曾经的一个下属，一个40多岁的壮汉，难以克制自己的感情，竟然在地铁上失声痛哭起来。

告别仪式上，更多的或许是像李世全的同学老莫，李世全的徒弟也是战友刘景喜那样的，人前不抹泪，一直等到天黑，才躲到没有人看到的地方默默地流泪。

悲伤潮汐一般袭来，彭国安还记得，在一起工作的时间里，他也曾和李世全抱头痛哭过。工作的艰难，方案一次又一次修改仍然没通过，熬了一夜又一夜的疲惫……当巨大的压力袭来，他们也曾经抱在一起淋漓尽致地痛哭。哭完了，擦干眼泪，互相安慰，然后重新开始工作。

可这一次，李世全走了，他再也不能和彭国安相拥在一起哭了。一想到这里，老彭的眼泪就更忍不住了。

李世全的老领导刘宝焕，广州市公安局地铁分局原局长，是李世全在治安处时期的老大姐。她告诉笔者，每个人在工作中都会受委屈，而李世全每次受了委屈，就会悄悄地回到自己的座位上，埋着头，像受伤的狮子一般，嘴里有时会低声嘟囔两句旁人无法听清的粤语，这是他唯一的解压方式。

五

白云厅里里外外，络绎不绝的告别队列里，朝夕相处的战友们没有谁敢相信，这就是与李世全的告别。

汪亦群，时任广州市公安局政治部综合处处长，算得上是广州市公安局政治部里，离李世全最近的处长。他实在难以相信，此刻躺在水晶棺木里的这个人，就是几天前还在组织他们开会，要求大家关心基层民警身体健康的李世全。那是李世全出事前一天的下午，在"全市第三季度政治工作会议"上，李世全中气十足地做了发言。

"任务越是繁重，越要防止队伍出状况，越是要关爱民警，科学安排好队伍的休整。"这是李世全主任召开这个会议的初衷。"举轻若重"是李主任一贯的作风。与会者都记得李主任最后脱稿强调的那几句话，那时已经过了下午下班的时间，他的话音言犹在耳。

"最后我再强调一点：各单位要关注带病工作的重症患者，特别要关心有心脑血管疾病的民警，急难险重的任务不能安排这样的同志……"

命运真是奇怪，直到这一刻，朝夕相处的广州市公安局政治部的同事们，几乎没有一个人知道这个每天脚步匆匆、行事风风火火、说话中气十足的李主任，其实是一个"高血压病三级、最高危组"已近十年之久的心脑血管病的高危患者，而且还是一个明知自己随时随地都有可能爆血管，还提着脑袋往前冲的人。

汪亦群说，从9月25日到10月24日李世全倒下的那天，整整30天，因为疫情，也因为工作非常多，李世全每天都是从清晨忙到深夜，从未休息过一天。他们有事找李主任，都是打主任办公室的座机。

生命最后的日子里，李世全几乎每天吃住在单位，办公室里存放的两箱方便面已被他吃掉了大半，汪亦群发现后惊讶地说："主任，您不能总是吃这些垃圾食品啊！"李世全一边埋头批改文件一边对他开玩笑说："等把这些垃圾食品都消灭了，我们的工作就告一段落了。"

最后告别的那一瞬间，面对着鲜花后面李世全的脸，汪亦群不知道该如何是好，只能默默在心里对他说："主任啊，您的工作终于可以告一段落了。"

李世全这个政治部主任，特别爱走基层。汪亦群统计过，仅2020年，在他牺牲前，全市11个分局，他跑了15个派出所，一去就是半天，深度调研。他一直在勾画着一张新时代的"智慧新政工"的蓝图。他心中有一个宏愿：彻底解决业务工作和政治工作"两张皮"的顽症。

李世全牺牲后，人们才发现，他留在办公桌上的这个关于"新时期广州公安政治思想工作的路径"的蓝本，已经厚达400多页。

在这个蓝本上,我们可以清晰地看到李世全从2017年调任广州市公安局政治部主任以来,以"民警员工最关心什么,政工工作就解决什么"为导向的初心与创新。也能看得出这个业务干部出身的政治部主任,以他独特的视角抓队伍建设,带来的从顶层设计到落地执行的全链条提升:从开创"1+6"党建工作新机制,建立广州公安特色的"大党建"格局,探索建立政治工作目标管理责任制;到探索开展南沙新警务模式和机构改革,大力推动边防转制,打造可复制可推广的现代警务样本;再到他针对公安机关队伍庞大,干部"压职压级"问题,想方设法推行"职务并行套改工作",改革红利遍及各级民警,真正提振了队伍的士气。

汪亦群说,什么是先锋,他就是真正的先锋;什么是改革创新,他就是改革创新;他做人一直都那么低调务实,除了调研实践,就是核对数据,每个细节都要亲自求证;他从来不搞什么大张旗鼓,却总能一鼓作气,一气呵成;他的工作一直就是春风化雨,但是所有人都能感觉到,在他身后,是满地繁花,是一片新绿。

六

李世全同志告别仪式的全过程，由时任广州市公安局指挥中心宣传处影视科的副科长金劲和他的同事们负责录像。摄像机的位置是在门厅之外，现场对李世全同志的最后的三鞠躬，金劲只能是在目不转睛地拍摄完成后，隔着大厅对着李世全同志的遗照，恭恭敬敬补上自己的。

对于金劲所在的广州公安宣传部门来讲，李世全倒下前夕那一段时间，也是他们最忙碌的日子。现在想来，金劲反倒感激这样的忙碌，让他们有机会用摄像机记录下李世全生前工作时的样子。最多的时候，一天里，金劲他们有4次在不同场合拍到李世全，从早上到深夜，从会议现场到安保一线，从广州的最南端到广州的最北面。

金劲很佩服：比我年长20岁的李主任，怎么这么能"跑"啊？！所以，当李世全在白云山倒下的噩耗第一时间传来时，金劲的脑海里，放电影一样掠过近年来他们和李世全的无数次相遇："十九大"安保、共和国成立70周年大庆安保、2020年的疫情防控，全国"两会"、特区建立40周年……所有重大事件处置和安保维稳工作，好像他一件都没落下。特别是疫情防控期间，李世全先后30多次到抗疫一线参加疫情防控和检查慰问，既当指挥员，又是战斗员……

这一切的一切，近在眼前，怎么这个这么能跑的人，就这样生生地倒下了？

在2020年11月5日广州市举行的李世全同志事迹报告会上，我们看到了一张照片，而这一幕，只是李世全52岁的生命历程、30年的从警人生里的一次普通的日常记录。

照片拍摄于2020年10月18日下午，也就是李世全牺牲的前几天。他在参加完全局工作会议后，马上赶赴60公里外的南沙区检查集中隔离酒店疫情防控工作。疫情期间，按照市局领导的分工，李世全分管南沙片区的隔离酒店和疫情防控。

汪亦群统计过，疫情期间，光是南沙区的隔离酒店李世全就跑了8次。

他身着厚重的防护服，从酒店楼梯一级级爬上九楼天台，每一个楼层、每一条通道、每一处监控，甚至每一扇门窗，他都推开认真查看。他的动作很快，从一楼很快就登上九楼的天台，跟在他身后的汪亦群，当过派出所所长，还比李世全小一岁，明显感到自己跟不上李世全的步伐。

李世全一上到天台就和保安聊天，了解勤务安排，轻车熟路："一组几个人？""一个班几个小时？""门锁在什么地方？""封闭状况如何？"……

随后，为了检测天台上是否存在隐患，他一步一步地"量"；为了检查出口、门锁、门窗是否形成闭环，他一把一把地"摸"，他一边摸，一边自言自语又带几分自嘲地说笑道："摸一摸，心里就踏实了。"

临走前，他还不忘试了试保安的对讲机是否通畅。

汪亦群感慨，李世全对基层安保工作的每一个环节、每一个链条的熟悉程度，真的不是一般的指挥员可以比肩的。因为是搞安保出身，注定了他永远都是一个"举轻若重"的人。"万无一失，一失万无"的底线，由不得他有丝毫的疏忽，即使在旁人看来已经完美无缺了，他都还要再亲自"摸一把""捋一遍"。这是他经年累月的习惯，他独特的工作方式，也是他职业水准越积越厚、越刻越深的缘由。

广州警队里懂得的人都说，广州公安的每一个警种、每一个岗位、每一项考核、每一个细则，就数李世全心里最有数。在安保问题上，李世全没有短板。所以他才是李世全，独一无二的李世全。

那一刻，在白云厅，无论是彭国安、汪亦群，还是金劲，还是无数在最后告别的时刻有无数心里话想要对李世全讲的兄弟们、战友们，心里都有着万分的不舍和痛惜。他们流泪、哭喊，可是这一次，李世全再也不会醒来。他静静地躺在那里，他太累了，仿佛只有在长眠的这一刻，他才能真真正正地休息。

七

600多人赶来参加的追悼会上，还有一位从梅州大埔县赶来的老人，他是时任梓里村党支部书记的孔祥标，代表村里137户全部脱贫的贫困户，和刚刚搬进新饭堂、有了午休室、终于吃上热饭的村小学的孩子们，赶来送李主任最后一程。

孔书记扶着李世全的灵柩老泪纵横："3年了，以前，都是您来看我们；这回，轮到我们来看您了……"

2017年以来，李世全作为广州市公安局脱贫攻坚工作领导小组副组长，从广州到梓里村一次往返就是几百公里，他先后跑了20多次。风里雨里赶去，走家串户，向老乡们传递党中央精准扶贫的心意，为村里人带去共同富裕、乡村振兴的希望。

每一次这样的长途奔波，李世全都是连夜赶回广州，饿了就在路边买个包子对付路上两顿饭。他赶回广州还要连夜签批文件，文件没批完他是不睡觉的。

2017年冬，李世全到梓里村小学走访，发现饭堂的卫生条件差，学生们的午饭因为没有保温，已经凉了。

放学后，一个个饿坏了的孩子们飞快地奔跑到饭堂案板前，端起冰冷的饭菜就往嘴里塞，那狼吞虎咽的样子，让李世全忍不住掉眼泪了。

此情此景勾起了李世全的无限心事，他也是在农村长大的娃，农村的这些读书娃，戳中他心里最柔软的地方。

"怎么也得让孩子们吃上一口热饭啊。"回到广州，他立马牵头相关部门研究落实，为学校翻修饭堂、新建午休室，孩子们不仅吃上了卫生、热乎乎的午饭，还能好好睡上个午觉。梓里小学的校长动情地说："李主任虽然远在广州，但比我这个校长想得都细啊。"

村里的贫困户陈以清说："李警官几次三番到我家，他水平高，脑子好，再复杂的事情，到他那里都有办法解决。为了我家，他找了好多单位好多人，终于解决了困扰我一家三代人多少年的住房安置问题。2020年，我们一家终于搬离了原来的地质灾害区，住进了新房子。"

李世全考虑到陈以清身体残疾、难以养家，还专门为他找到一份安稳的工作，保障他和家人的生活。

陈以清日日等，天天盼，就想看到一头华发的李世全又出现在村头。他几次三番去驻村干部那里问："李警官什么时候再来啊？我要当面感谢他，他是我们一家的大恩人啊。"

不只是陈以清，如今，梓里村全村137户已经全部脱贫的贫困户，心里都有一句话想当面说给李世全听：感谢李警官，感谢共产党！

八

从1990年大学毕业进入公安系统工作，到2020年，年仅52岁的李世全，在人生最美好的年华离开了他深爱的工作岗位，离开了他深爱的城市和战友们。

李世全从警30年来，历任许多个岗位，换了无数次工作，却一天都没有离开过公安这支队伍。

从广州市公安局治安支队秘书科副科长，治安支队一大队教导员、大队长，原从化市公安局副局长（挂职），110指挥中心指挥处副处长、处长，110指挥中心副主任，到越秀区公安分局局长，广州市公安局政治部主任……

在此期间，他还多次被借调到一些比较特殊的岗位从事特殊的工作。比如在110指挥中心时，被借调到广州市公安局亚运安保办负责广州亚运的安保工作。

无论是投身治安管理，还是负责每一个大型活动的安保工作；无论是负责勤务指挥，还是负责材料的审核；无论是挂职锻炼，还是担任分局主官……每一个岗位，都是一份考验，每一份工作，也都像是一份份答卷。而李世全，用他踏实的工作精神，勤勤恳恳的工作态度，创新的工作方法，把每一份答卷都填写得工工整整，完美无缺。

为了工作，他耗尽了全部心力，直到最后倒在工作岗位上。在他走过的每一个地方，在他工作过的每一个岗位，和他有过工作交集的每一个同事战友，都能看到他付出的汗水，都能感觉到他留下的踏踏实实的脚印。

白云厅送别之后，李世全的战友们，还是无法抑制自己对李世全的悼念和缅怀之情。李世全的领导和同事，也都无法忘却大家一起战斗过的岁月。他们一次又一次地为李世全举行追思会。

李世全走了，而他的英雄事迹巡回报告会，整整举行了8场之多。这个城市，这一方热土，用她最深情的致意，向一直守护着她的忠诚卫士，表达了无限的敬意和哀思。

人生百年，幻若蜉蝣。但也有一些真实的身影，坚硬如剑似犁，深深地嵌入一个城市的肌理、血脉里；挺立，他是城市的脊梁，倒下，他是大地平安的基石。

世全，安息吧，我们永远怀念你。

第二章

"大安保"护一城平安

在公安系统工作过的人都知道，一般来说，警察分为两大类：第一类负责破案抓坏人，第二类负责做好防范管理，不让坏人有机可乘。

于是有了刑警和治安警两个大的种类。其他警种基本都是从这两大警种单列出去的。

改革开放以后，广州逐渐形成了大安保的格局，包括承担基层基础职能的派出所，以及单位内保，消防，各种社会防范，还包括与治安秩序密切相关的近百种刑事案件侦查。其中起到核心机构作用的，便是以治安命名的职能机构，如治安科（处、局）、治安大队（支队、总队）等。

纲举目张。对于广州这样的大都市的警务来说，李世全所在的治安处，便是总缆绳一样的"纲"。

正如罗马城不是一天建成的,广州这个有着两千多年历史,中国南方最大的城市,也不是一蹴而就成为巨人的。

1990年7月,摆在中山大学图书情报学系档案专业毕业生李世全面前有很多个选择。而在那个"商潮"汹涌、全民"下海"的年代,他却选择了当警察。

他的同学,一位世界500强企业的老板说:"在当时,公安的收入在我们同学选择的行业中,几乎是最低的。以李世全的履历,以他的成绩和他勤奋刻苦的拼搏精神,无论选择什么行业都会干出一番成绩。我们都想不到,最后他选择了当警察。"

当时,应该说是广州社会治安最为复杂的时期。面对未来,李世全选择了一个人民和社会最需要他的行业。

是时代选择了他,是使命选择了他,也是他选择了一个时代的使命。

一

党的十一届三中全会以来,广州作为改革开放的前沿阵地,成为最早对外开放的城市之一。

随着商品经济的发展,人、财、物大流通,广州比内地先行一步,毗邻港澳,交通方便,信息灵通。然而,境内境外有不少不法分子,利用广州,把活动范围扩向广东省各中小城市,以至全国各地。

一时间,广州的治安问题相当突出。

1983年8月起,按照全国统一部署,开展严厉打击严重刑事犯罪活动的"严打"战役,遵照国务院的决定,把对间谍、特务斗争的任务,整建制划归国家安全机关,把劳动教养管理工作,移交给司法行政部门。公安机关集中精力整治社会治安,坚决将刑事犯罪分子的嚣张气焰打下去,社会面上刑事案件高发的状况开始得以控制。

广州市的刑事案件量在"严打"战役中一度有所下降。但从1985年开始,又有了逐渐回潮的势头。广州市重大案件在全部案件中的比重,从当时的年均5%持续上升,到1990年达到了35.9%,社会治安出现了极其严峻的局面。

1992年1月29日,邓小平视察深圳、珠海、顺德之后,离粤之前,在广州火车东站,接见了广州地区党政军主要负责人和在穗部分老同志。

邓小平在视察南方讲话中,要求广东力争用20年赶上"亚洲四小龙"。

1992年10月召开的中共"十四大",也赋予了广东用20年基本实现现代化的战略任务。为此,广东省制定了20年追赶"四小龙"规划。而广州作为全省乃至华南地区最大的中心城市,同时又是改革开放的前沿阵地,决定先行一步,提出了用15年左右的时间率先实现现代化、全面赶超"亚洲四小龙"的目标。

经济建设的迅猛发展,引发"东西南北中,发财到广东"热潮。在那个全民经商"下海"的时代,"商潮"席卷广州这片改革开放的热土。但是另一方面,社会急剧转型,给社会治安带来了巨大冲击。

很多人对那些年的广州城市治安状况留下了深刻印象。李世全更是如此。

1986年9月,李世全走进珠江岸边的中大康乐园,一眼望去,是一片郁郁葱葱的"大草坪","小红楼"一带红砖绿瓦、中西合璧的美景,让他目不暇接。

但如果周末和同学一起走出校门,与中山大学一街之隔,就是闻名全国的布匹批发市场,他们不止一次目睹过当街发生的"飞车抢夺"事件。

1986年11月14日,珠江河面发现碎尸肢体。中大北门就面朝珠江，珠江水面些许动静，都会引发校园热议。

案发后，广州公安刑侦部门根据法医鉴定，将死者的特征通告全市，发动群众广泛收集线索，告示当然也贴到了中山大学校园门口。

5天之后，凶手被缉拿归案的消息很快在校园里传开。

同年10月28日，海珠桥的南端发生出租车爆炸案，乘客与司机都被炸死。广州公安刑侦人员仅凭现场检获的残存了11个字的碎纸片，7天内破案。

时代的一粒沙，吹进一个人的窗户，就是一个人的命运。

1988年，应该算是李世全中大师兄的戴维列，从中山大学研究生毕业，作为广州市公安机关的第一名硕士研究生，走进了广州市刑事技术所，成为如今名震警坛的"福尔摩斯"、当代"公安楷模"。

对于李世全本人而言，属于他的那一粒时代的沙，还在日复一日地不断堆积。

1988年，广州市持真枪实弹抢劫发案7宗，到1990年增加到120宗。使用机动车作案和飞车作案层出不穷，还频频出现抗拒追捕杀害公安民警的严重事件。

就在李世全即将走出中大校园的1989年下半年至1990年，广州公安就有7位民警相继牺牲。

查阅《广州市志》得知：从1949年12月至1990年，新中国成立40年来，广州公安系统的革命烈士共计30名。仅仅1989年至1990年这一年多，就倒下了7位羊城卫士，他们都是在与违法犯罪分子殊死搏斗中流尽青春生命的最后一滴血。

他们中年龄最大的李西华，56岁，生前是广州市越秀区公安分局大新街派出所民警。1989年11月29日，在广州闹市区的濠畔街发生一起持枪抢劫案，李西华在追捕案犯时，凶犯向他的胸口连续开了4枪，李西华因伤势过重医治无效牺牲。

年龄最小的肖杰，牺牲的时候年仅21岁。生前是广州市海珠区公安分局刑侦民警。这位刚刚走出广州市警校不到一年的民警，1990年6月30日在追捕犯罪分子过程中，在连中两枪的情况下仍然与犯罪分子殊死搏斗，血战街头壮烈牺牲。

7位烈士的平均年龄只有31岁。

1990年7月2日，22岁的李世全，念着报纸上烈士的名字，读着他们的故事，走进广州警队，成为一名人民警察。

二

李世全的同学老莫还是了解李世全的，他说当时李世全选择了公安，有思想上的动力，也有对自己行动力的判断。他说，李世全在学校时，就已经表现出了与众不同的细致敏锐和侦察能力。

他的这种能力，在高中时就已经被同学们发现了。

当年中考时，李世全以优异的成绩考入清远一中。清远一中是清远最好的中学，进入清远一中读书的高中生中，有的来自农村，也有的来自相对富裕的县城。李世全的初中虽然是跟着父亲在广州读的，但是因为当时他的户口还在清远，为了高考，他需要回清远去读高中。

开学不久，男生宿舍就发生了一件意料不到的事情。

当时，李世全所在的宿舍，有位农村来的同学，因被县城的同学瞧不起而有了情绪，偷偷往奚落他的同学甲的热水瓶里放了些泥沙。

那天，晚自修结束后，大家有说有笑地穿过校园的那排柚子树，回到了宿舍。同学甲家在县城，是城里的居民户口，家里比较富裕，从家里带来不少生活用品和食品，如保温瓶、电吹风、风扇、牛奶、饼干、罐头之类，这让来自农村的室友多少有些羡慕和嫉妒。不过，同学甲生性高傲，有些瞧不起其他来自农村的同学室友，觉得他们不但穷，而且见识比自己少，所以言行举止中透出一股不把别人放在眼里的意思。怕别人蹭他的东西用，蹭他的东西吃，他总是板着面孔，一副冷若冰霜、拒人千里的样子；还不时抱怨别人动了他的东西，声明若被他查到是谁，一定对他不客气。

几位来自农村的室友表面上都忍气吞声，但在背后都议论他是个狗眼看人低的家伙，对他非常不服气。

当晚回到宿舍，同学甲口渴了，提起从家里带来的热水瓶就往杯子里倒开水，本来倒出来的应该是清澈透亮、干干净净的开水才对，却万万没想到，倒出来的，竟然是一杯混浊的挟带着泥沙的泥汤。他愣住了，很快，他似乎明白是怎么一回事了，端起那杯泥汤大声叫了起来，质问是谁干的。

几位室友都围了过来，盯着那杯晃荡着的泥汤，谁也不作声。一阵不同寻常的沉默之后，同学甲的愤怒爆发了，他大声地说，好，有胆做，没胆认，想整我欺负我？没那么容易。我这就告到班主任、告到校长那儿去，让老师、学校为我主持公道。

说完，同学甲端着杯子气冲冲就走出了宿舍。室友们有的不以为然，有的怵住了，一时不知所措。

望着同学甲愤怒的身影，作为班长的李世全预感到一场风暴就要到来。他迅速拿眼扫了一下身边的几位同学，赶紧说，你们当中谁干的？快追出去向他认错，赔个不是，道个歉，争取得到他的谅解，保证下不为例，这样就把问题化解了。不然他告到老师那里，还不知会惹出什么事来。

可是没有人出来承认。几位农村来的同学反而七嘴八舌地说他活该，就该给他点教训，别让他以为家里有钱、用上高档点的东西就不把别人放在眼里，都高中生了，还不知道如何才算是尊重别人。

李世全还想开口跟他们说些什么，却突然改变了主意，拔腿迅速冲出房门。

过了一会儿，李世全和同学甲一起回到了宿舍。李世全的一只手，还搭在了他的肩膀上，看来同学甲的情绪已平和下来，原来的愤怒已经消减了很多。室友之间的矛盾避免了进一步升级，一场风暴得到了及时遏制与有效化解。

这件事过去后，原来室友间紧张的关系也逐渐变得融洽起来。大家只知道这结果与李世全有关，都十分佩服他。至于李世全用了什么方法和手段化干戈为玉帛，大家其实都有点云里雾里，不得而知。

原来，当时李世全跑出宿舍，追上并一把拽住了去找老师投诉的同学甲，平心静气地劝他千万不要把事情闹大。他推心置腹地说："我们大家同在一个班级读书，又同住一个宿舍，如果去老师那里告状，今后大家的关系可能更加恶化、更难相处，彻底失去和好的余地。如果真的查出来是谁干的，可能会令该同学被学校处分甚至开除，前途遭受挫折，你也不想因为这么小的一件事就让他从此失去前途吧。还有，这件事也影响班集体的荣誉，让全班同学背上"问题班"的黑锅，传出去也会影响学校的声誉。"

李世全拉着他往回走，边走边说，同学之间的矛盾，最好是大事化小，小事化了。他建议："不如把它交给我来解决。"他承诺帮同学甲找出往热水瓶里投放泥沙的人，并带这个人来向他当面承认错误、赔礼道歉。

终于，同学甲被他说服了，就跟着他一块儿返回了宿舍。

而在这之后，李世全竟然真的找出了那个往同学甲热水瓶中放泥沙的同学，并说服他去跟同学甲道了歉。同学甲也在李世全的劝说下改变了对同学们的态度，一场危机平安渡过，同学间的关系反而更好了。

同宿舍的同学们至今也没弄明白，那个投放泥沙的同学到底是谁，李世全又是怎样精准地把他从几位室友中查了出来。只知道李世全当时就向这位同学保证，他放泥沙这件事绝不告诉别人，所以这件事最后只有两位当事人和作为第三方的李世全知道。李世全信守承诺，从来未向外公布过恶作剧同学的名字，这件事也就从此变成一个谜。

很快，这件事在同学中传开了。大家都应李世全的请求，守着这个秘密，没让老师和校方知道。李世全的理由是"一为有利两位当事的同学重归于好；二不让老师操心，不给学校添堵"。于是"本案"成了大家共同保守的秘密。

当时室友中与李世全关系特别好的莫同学也曾经向他打探过，李世全诚恳地说："真不好意思，我承诺过人家不对外透露的，所以你也不能例外。"

这一年，李世全15岁。

30多年后，李世全到北京出差，利用空余时间去探访在北京工作的好友、当年的莫同学。期间，又提到"本案"。莫同学心里痒痒的，忍耐不住好奇，又一次向李全世打探起投放泥沙的同学。虽然时间过了这么久，当年的事早已变成了一件小事，可是李世全还是守口如瓶。他对莫同学说："你怎么这么'八卦'，这个秘密我还得守，因为我承诺过。"

如若那位"掺沙子"同学，知道30多年来李世全始终如一地为他保守着秘密，当作何想？

莫同学说，李世全在中学生时代就心细如发、处事果断，少年时代的李世全待人处事就非常善于协调、周全。这风格源于他希望自己所在的班级团队团结和谐的善良愿望，也来源于他亦城亦乡的家庭背景，所以他既理解农村同学的情感，也理解城市同学的心情。正因为如此，他才有了准确的直觉，知道谁是"作案人"。而信守承诺，则是李世全生命哲学中为人处世的鲜明底色，就算事情过去30多年，他依然没有丝毫改变。

三

生于1969年4月的曾毅常，时任广州市公安局刑警支队政治处主任。1990年7月，他在广州市公安局治安处政工办工作，任团委书记。一天下午，他奉命去广州市公安局政治部挑选新入职人员。

当时很多业务部都归属治安部门，治安处急需人才，包括户政业务还没有独立出去，为编制居民身份证的计算机管理程序，就一次性分配进来30名广州市警察学校两年制的中专毕业生。那时候的警校中专生都是宝贝，而大学生就更是稀缺资源。

所以，那天下午，在政治部人事干部抱出来的一堆档案里，曾毅常一看到"中山大学图书情报学系档案专业：李世全"，就眼前一亮，抓住档案不放手。

那时候招警十分困难，广州老八区本地的大学生多半都选择"下海"经商去了，就算是选择政府部门，也很少有人愿意当警察，因为工作辛苦危险，而且收入不高。曾毅常1986年入警队时工资为每月58.5元。而和他一起读了警校，没有选择进警队，而去合资公司上班的同学月薪起薪就是1000多元。

58.5元，在当时能买什么东西呢？

曾毅常说，广州市公安局附近的中山五路上，那个时候还没有地铁，有3家小饭店：新陶芳、华北饺子馆、惠如楼，所在的位置就是现在的地铁公司，那是他们常去"打牙祭"的地方。3家小饭店收费都差不多：青菜2.5元到3元，一个肉菜10多元，如果按照一顿饭"两肉一菜"的标准，只消吃上两顿饭，当月的工资就没有了。

所以，当时广州警队新入职人员，除了部队转业的，招警进来的毕业生，多半来自广州周边的番禺、清远、新丰、龙门、佛冈等地。

"治安处分来一位中山大学毕业生"的消息很快传开，同事们听说曾书记要去接新来的大学生，都跟着去看热闹。他们还记得当年李世全的样子，清秀瘦削，彬彬有礼，一副青涩腼腆的大学生模样。"完全不是后面那个板寸头，走路急匆匆的样子。"同事回忆说。

李世全最初被安排在广州市维护社会治安基金会工作。

据《广州市志》：广州市维护社会治安基金会于1990年10月经中国人民银行广州分行批准成立，属全市性社会团体。基金会于1998年制定了《广州市奖励和保护见义勇为人员条例》，经市人大审批、省人大审议决定颁布实施。10年来，在社会各界的大力支持下筹得境内外600多个单位和个人的捐赠2600多万元，奖励慰问了有重大贡献的单位50多个、个人1272名，发放奖励慰问金400多万元。10年间，治安基金会通过新闻媒体对上百名见义勇为人员进行了宣传表彰，其中4人被中宣部、中央综治委、公安部、中华见义勇为基金会授予"全国见义勇为先进分子"，1人被评为"首届全国见义勇为十大英雄"。

李世全跟着曾毅常走进"东方一条街"，为基金会宣传筹款，一走就是半年。

"东方一条街"是老广州人对东方宾馆的称谓。那时候的东方宾馆，是作为全国改革开放"桥头堡"的广州的"桥头堡"，也是外地人来参观广州必看的景点之一。那时东方宾馆的布局和建筑和现在完全不同，高阔的牌坊古韵流芳，中西合璧的环形走廊蔚为壮观。一楼林立着各色公司和企业，合资、独资、港澳台资，各种所有制单位的办公区，俨然是那个时代正在碰撞、激荡的各种潮流融汇的一个时代缩影，一个时代之窗。

半年多的时间里，李世全一扇门、一扇门地敲开，走进社会的汪洋大海里，和每一朵相遇的浪花交谈。他不断向人们讲解宣传：近年来广州的社会治安怎么样了，基金会是用来干什么的，现在这种状况光靠警察去单打独斗是不够的，我们全社会每个人都要有见义勇为的责任感，只有这样广州改革开放的局面才能保得住。

半年多的宣传筹集资金工作很有成效，企业老板们捐多捐少的都有，筹集到了一大笔资金。这半年多社会调查和实践的收获和意义，对于初进社会的李世全的影响无疑是终身的，如同长在他老家清远石角虱迳村村口那一棵壮硕的大榕树一般，埋在地下的根系有多深远，铺展在大地之上的亭亭华盖才有多牢靠。

四

广州市公安局的红色基因是强大的。

1927年12月11日，张太雷等人在广州发动起义，工人赤卫队、农民赤卫队等攻打位于维新路（今广州起义路）的原国民党广东省立公安局。12日下午，广州苏维埃政府在此宣布成立。因敌我力量悬殊，广州起义失败后，苏维埃政府随即废止。虽然广州公社仅存在了3天，却是中国第一个城市苏维埃政权，被誉为"东方的巴黎公社"。

1949年新中国成立后，起义路200号的公安局被广州市人民政府接管，并于此设立广州市公安局。1956年，广州市政府把南楼辟为广州起义陈列室，对内开放。1987年，广州市公安局移交了旧址的南楼、中楼及门楼等建筑给文物部门，文物部门后对旧址进行维修复原，成立了广州起义纪念馆。叶剑英曾为此题字"广州公社旧址"。

因广州市公安局办公场所有限，直至2005年底，广州市公安局才向文物部门移交了余下的旧址北楼和拘留所。2006年开始重新修葺纪念馆，在此期间在旧址北楼挖出了炮弹、手枪等文物。2007年重开。

尽管广州市公安局最后全部移交旧址，但现时广州市公安局仍在广州起义纪念馆旁，与广州起义纪念馆共享同一门牌号。所以事实上，仍是同一个大院。

早在中山大学读书时，李世全除了笃定努力学习，取得好成绩之外，还给自己立下了另一个人生目标：加入中国共产党。

1988年12月7日,大三学生、共青团员李世全,向党组织——中大学生党支部递交了他人生的第一份入党申请书。那是一份整整写满了5页纸、近3000字的申请书,真诚地向组织袒露自己的入党动机、对党的认识和殷切加入的心情。他在申请书上写道:

尊敬的学生党支部:
　　作为新中国的一个青年,从我二十年的生活中可以看出,我是在党的领导和教育下成长的,在党和人民多年教育和培养下,特别是进入大学后,进一步拓展了视野,我对党的历史,党的方针、政策有了一定的理解。在民主革命时代,我们党从产生的那天起,便把建设共产主义作为奋斗的最高目标……党有着严格纪律和优良的传统,有着强大的生命力和战斗力,这是我十分向往的集体,我愿意成为其中的一员,我相信这对培养无产阶级人生观和世界观是相当重要的,还有作为一个青年,是下一个世纪经济建设的主力,实现十二大目标和任务就落在我们青年一代身上,……所以我应该把个人命运和祖国命运联系起来,我愿意成为党的一员,因为这更能增强我的社会责任感和历史责任感,使自己更加努力学习、工作,以更高标准要求自己。这个责任感会时刻提醒我要全心全意为祖国、为人民,以国家利益为重,不然的话,就对不起为祖国建立和建设鞠躬尽瘁的人,也对不起我们未来的一辈。

正因为这样，所以，我志愿加入党的组织，遵守党的纪律。我可能还不够成熟，离党员的条件相差甚远，不过，我会尽力争取，不断向党组织靠拢，更加严格要求自己，请党组织在今后的学习、工作中考查我和帮助我。

……

当时，李世全的入党申请未能获得组织的批准，但他并未因此而意志消沉，而是更努力更热情地把精力投入到学习和生活中，不断向党组织靠拢，他坚信自己经受得起党组织的考验，他用"水滴石穿"这个成语来激励自己。大学毕业时，他把这个成语写在女同学赖丽娟毕业留念册中座右铭一栏上。他分明觉得自己与党组织越来越近、关系越来越密切了。

进入市公安局工作之后，李世全入党的愿望更加强烈，所以他一开始就投入忘我的工作中，并先后于1992年和1993年，两次获得单位的嘉奖，被评为"广州市公安局优秀团员"和"1992年度广州市优秀共青团员"。

1994年3月，李世全又一次郑重地向党组织递交了入党申请书。

……共产党员这一称号是神圣而又高尚的，它既是一种荣誉，但更多地意味着奉献。我开始明白要成为一名党员，必须脚踏实地，从我做起，从现在做起，从小事做起。三年来，我一直以此勉励自己，在工作上认真负责，不计较个人得失，任劳任怨，竭尽所能完成上级交给的各项工作任务，从不避重就轻，而且虚心好学，不懂就问，努力提高自己的业务水平。在政治思想上，我努力学习马列主义、毛泽东思想和党的路线、方针、政策……用马克思主义的立场、观点、方法来分析问题，明辨是非……在政治上和行动上与党中央保持一致。此外，我还意识到共产党员应该是道德品质高尚的人。为此，我注意加强道德品质修养，培养遵纪守法、严于律己、奋发向上、助人为乐、团结友爱的道德品质和刻苦认真、踏实勤恳的工作作风和生活作风……

这些话语，斩钉截铁、掷地有声，对于李世全来说，是发自内心的真情倾诉。

经过组织的严格考察，1994年7月18日，李世全的入党申请正式获得中共广州市公安局委员会批准，李世全被接纳为中国共产党预备党员。在十处秘书科党支部《支部大会通过接收申请人为预备党员的决议》上，当时的支部书记代表组织写下了结论性的文字：

李世全到秘书科工作以来，能拥护党的路线、方针、政策，思想上要求进步，对党的认识正确，能虚心向同志学习，努力钻研公安业务，业务能力提高很快。在工作中，踏踏实实，兢兢业业，不计较个人得失，在我市首次发还股票的安全保卫工作中，他负责全部的情况掌握，经常通宵加班，第二天不休息又投入工作，出色地完成了任务。作为一个参加工作时间不长的大学生，能够自觉遵守公安人员的纪律，自律甚严，乐于在紧张繁忙而又清贫的工作环境中贡献自己的才华，是难能可贵的。

一年后，李世全如期转为正式党员，终于实现了自己从大学时代就一直坚守的入党愿望，拥有并确立了自己一生中最为重要的共产主义信仰。

从水滴石穿，到水到渠成，从1988年12月在中大第一次提交入党申请，到1994年7月在广州市公安局获得正式批准，经历了6年，李世全用不懈的努力，实现了人生期盼已久、矢志不移的目标。

不过，李世全很清楚，这只是一个起点。

自从进入广州市公安局这个大警队，李世全的脚步，就从来没有停歇过。

五

广州市公安局是一个拥有数万名警员的大警队，而在这浩浩人群中，年轻时的李世全，就是特别出众的那一个。

打开李世全的从警履历，上面清楚地记录着：

1990年7月—1999年2月，广州市公安局治安处秘书科民警。

1999年2月—2004年8月，广州市公安局治安处秘书科副科长。

走进广州警察队伍的李世全，在治安处秘书科的岗位上一干就是14年，在治安处一干就是18年。从22岁的青葱学子到40岁的沧桑中年。而他在公安部门工作的30年来，一直都没有脱离过治安方面的业务工作，直到最后牺牲，也是在安保工作的现场。

他以三十年如一日熊熊燃烧的生命火炬，为广州社会治安管理添柴加薪。他铸剑为犁，为30年急剧转型升级的广州社会治安管理和社会管理创新做出具有开创性的贡献，尤其是改革开放以来，以他为代表的一代广州公安治安人为国家大型安保活动所做出的杰出贡献，是在他突然离开后，人们才真真切切地感悟到的。

李世全活着的时候，朝夕相处的人，能感受到他是一团火。而在他轰然倒下之后，人们才发现，那血火熔铸的生命丰碑，已和这座他一直深爱并守卫着的城市融为一体。

一位哲人说过，同时代的人，是很难理解与他比肩同行的伟人的崇高与价值。而在三十年如一日连绵不绝于他生命之上的万水千山里，藏着一个光荣警队怎样跋涉奋进的足印，一个英雄城市怎样革新图强的精神，一个光辉时代怎样波澜壮阔的历史光影，这一切，都无时无刻不带给我们启迪与深思。

20世纪90年代的"治安处秘书科"，老治安人都爱叫它"老秘"。"老秘"独特的地位、特殊的贡献，是从那个时代走过来的老治安人刻骨铭心，永难忘怀的。

新中国成立初期的二十世纪五六十年代，是一个"反敌特"年代，担负政治保卫、国家安全职责的公安国保战线、国保民警那必须是首屈一指的"大拇哥"；而到了20世纪80年代"严打"战役以来，公安刑侦部门作为对违法犯罪斗争的"刀把子""铁拳头"所向披靡，在坚决把刑事犯罪的嚣张气焰打下去的同时，也打出了广东公安刑侦"特别能战斗""没有广东公安破不了的大案"的赫赫威名；到了90年代以后，伴随着改革开放、社会转型带来的社会治安格局和形势的深刻改变，造就了公安治安管理部门在传统公安管理模式从计划经济年代向改革开放时代转型过程中的突出地位。

而治安处秘书科，无疑是这个龙头的"头"，成为挺立潮头的"弄潮儿"。

我们还是回到李世全一生都很重视保存和完善的档案里

去找寻依据。

对于广州城市的转型，《广州市志》有如下记载：

为了把广州建设成为有较强辐射力、吸引力的现代化中心城市，广州市加强城市建设与管理，实现了城市面貌"一年一小变""三年一中变"，并为"十年一大变"做了大量的工作，取得了全国瞩目的成绩。

有着2200多年历史的广州城，突如其来地迎来了千年未有之脱胎换骨的大裂变。

从南越古国沿袭至今的千年老街，可以直接延伸到城市地底下，只知道"地上才有路"的老广州人，从此开始习惯了地下铁路；而这个从海平面上长出来的城市，每天都在长高，沿着高架桥的方向不断升高；从越秀山一路扑向珠江的"古老龙脉"和2200多年来从未改变过的"城市中心"，朝着太阳升起的方向一路东进，天河的稻田仿佛一夜之间平整为一大片一大片望不到边际的建筑工地，它们以每天一层楼的速度，"噌噌"地变幻着容颜，变幻成一片又一片横空出世的摩天大楼，不断地刷新着天际线。

而广州市中心起义路200号院内，市公安局治安处秘书科办公室里的夜，却出奇地静。

因为静，那旧式的打字机，字钉撞击滚筒的声音，才显得格外响亮；后来进化成了"四通"打印机，那新鲜出炉的文件，昼夜不停地滚动着，滚烫着。

从20世纪90年代开始，广州市城市建设的规模不断扩大，市场经济发展很快，尤其是流动人口、外来人员急剧增加，社会治安不断出现新问题，治安管理的难度日益增大。

如何加强管理，整治和改善广州的治安状况，是广州市政府和人民群众一直关注的焦点。也是这个时代和这个城市，交给公安人的一道又一道考题。

那个时候，整一层楼，分管治安的局领导、处长、副处长们都特别忙碌，用他们自己的话说，不是在开会，就是在去开会的路上。当时市委、市政府关于社会治安的会特别多，不但白天开，夜里也经常开。各位领导开完会回来，带着市委、市政府的新政策新举措，而把这些文件上的东西落到实处的，就是公安局和治安处的民警们。

那时候的秘书科，无疑就是一个承担转型社会特殊时期社会管理重担、化解广州市社会治安隐患的"开关"。高峰时期，全局7成以上的红头文件，都是从治安处秘书科那台昼夜不停的"四通"打印机里流出来的。那时候广州市公安局还没有专门的调研处、指挥处，而治安处的秘书科，就是一个负责上传下达，起草文件，还要把文件落到实处的关键部门。

所以，李世全在那个时候，就开始接触到整个广州的治安问题，这为他之后的安保工作，打下了坚实的基础。

当时，公共安全，大型群体活动安全保卫，危险物品管理：非军事系统枪支弹药管理、民用爆炸物品管理，特种行业：旅店业、旧货业、刻章印刷典当拍卖业、娱乐场所，查禁社会丑恶现象，禁毒宣传，群防群治保安业务，还有户政业务，统统都归口属于治安处。

多年前，笔者曾在广州市公安局宣传处新闻科工作过。记忆中有一段难忘的过往，是作为随警作战的记者跟随当时的"十处"也就是治安处的同志，每晚10点30分以后去当时的天河区、白云区的城中村里的"握手楼"清理检查出租屋，去旅店、商铺、小区、酒吧突击查处"黄、赌、毒"……

那时候，治安处派出去的阵容真可谓是"高大威猛"，特别是那几个"女汉子"，长得都像当时女排国家队的队长"铁榔头"郎平一样。跟在他们身后，让人立马就有了安全感。

笔者了解到，当时治安处招收了一批国家体工队退役的排球运动员和篮球运动员，组成广州公安前卫体协代表队。这些专业人才，当时都在治安处工作。

每次在逼仄的城中村的"握手楼"下一站，那个震慑作用，简直就是立竿见影。那些在小酒馆、茶餐厅、理发店、便利店门口聚集的打牌的、喝酒的人，不知道发生了什么，但是都感觉到出了"大阵仗"。

这一支高大威猛的行动队的领头人里就有李世全，一个相形之下个头明显矮小、长相"很广东"的本地人。

每次走过"锯齿"一般的城中村巷道，都能看见这半边还在修建、那半边已经出租给人住的混乱现象。李世全带着他的队伍，爬上一栋又一栋出租屋，一户一户地盘查。一般来说，都是由派出所民警先询问，没有问清楚或者问得不到位的地方，李世全就会开口：你上次报的人数不是这样的啵，怎么会少了呢？人去哪里了呢？

每次李世全一开口，你就会发现，他对这里的情况，心里是有底的。

每次执行完清查任务回到办公室，往往都是凌晨一两点。新闻发布工作是不能过夜的，必须尽快把情况整理出来。那些年，大家习惯依赖李世全。每一次清查行动，从调动警力、车辆，到清查的地点、对象，再到现场的组织，所有的预案都是由秘书科出方案。清查完了之后，还要写新闻通稿，写工作简报，也大都由李世全这个被大家称为"一支笔"的人"搞掂"。他的工作从来就是一个完整的闭环，多少年来，从来没见过他在哪里掉过一次链子。

当时新闻科对外发的稿件，很多都是来自治安处秘书科。那时候，大家心里都知道，只要是从李世全手上接过来的稿子，永远都是文字通顺，数据清楚，别说错别字，就是连一个标点符号的错也挑不出来。

时任广州市公安局治安支队副支队长的于海澎，刚参加工作时就在秘书科，跟李世全。他回忆说："每次行动回来，大家都累得不行，还要加班熬夜写材料。当时李世全是秘书科副科长，他总是等在最后，把所有材料和第二天要用的新闻稿都写完改好，才会离开办公室。"

90年代初，广州市公安局对全市的出租屋进行了清理。至1993年初，全市共有出租屋屋主4.98万人。当年通过整顿，共查处不符合租赁条件及规定的出租屋2591间，其中查封的有352间；取缔非法经营刻字、印刷、旅业等出租屋45间；发现各类违法犯罪线索529条，查破刑事案件341宗、治安案件726宗；查获各类违法犯罪人员2301人，其中在逃犯、流窜犯240人……

《广州市志》上的这些数字，令人不禁有几分愕然，这些数字不断演变的过程，都是在做新闻工作时曾对外发布过的。可是在过去，大家可能都没太在意这些枯燥的数字。但是现在看起来，这些别人一眼可能就看过去的数字，每一桩每一件，都是那么真实那么具体地站在那里。这里的每一桩每一件，都是李世全和他的同事们，实实在在干出来的。从这些数字后面，我们分明看到了他们的脸上一道道的皱纹，头上一根根的白发。

六

城市天天在改变，"十年一大变"，而李世全在治安处秘书科，一干就干了14年。

曾经有一段时间，治安处都在讨论，"秘书科急需一个写大材料的人"。但是如何找到这样的人，一直是治安处分管秘书科的几任领导的心腹之忧。而李世全的到来，无疑是解了他们心头的忧患。所以这14年间，大家都知道李世全不能离开秘书科，秘书科太需要他了。

他一上手写的就是领导心目中的"大材料"，而他表现出来的严谨细致、吃苦耐劳、无可挑剔的文字功底和认真考究每一个细节的精神，让当时广州市公安局老一代的"笔杆子"们，都对他爱惜得不得了。他们总说李世全虽然年轻，却是可以交付重任的可用人才。

李世全也天然和"老安保"们亲近，特别善于向前辈学习，有空就向老治安人请教。他口头虽不会讲什么溢美之词，在心里却一直把老同志视作"精神血脉"的宝贵财富来尊重和敬爱。即便是后来当上治安支队长了，老"十处"退休的"老安保"们不管谁回来，他都尽量抽时间陪一陪。

就在他牺牲前一周，老"十处"有一位退休老人90岁生日，几个老安保人相约聚一聚，那天中午，李世全忙，没法和老人家们聚餐。但在结束时，他专程赶来送行，把老人家一个个扶上车，目送他们全部走完，他才开着那辆破旧的二手车匆匆忙忙地离开。

他不但尊重老人，更爱护新同事。于海澎说自己刚刚分到秘书科时，常常跟李世全一起出警。许多时候，他们要从入夜时分一直干到凌晨。任务结束后，又累又饿，李世全就带着大家一起在路边的小店吃一碗牛腩粉。"那时候我们工资都很低，李世全比我们也高不了多少，可他每次都争着去付钱。他总对我们说，我工资比你们高一点，我来。"

曾毅常与李世全都在市公安局南楼的同一层楼办公，而且都是4月生日，曾毅常只比李世全小一岁，每一次互相祝贺生日时，曾毅常都留意过，白发正一根根从李世全的两鬓冒出来，一圈圈地扩大着范围。有一次，他扳过李世全的肩头心疼地说："治安处有了你，真是捡了一个大宝贝。"

其实领导也知道像李世全这样的人才实在难得，在李世全来到治安处之后，公安局也多次去中山大学招警，但真的很难招到。有一次终于招到了一位毕业生，没想到来了没多久，还是离开了。而这么多年以来，李世全一直踏踏实实地工作着，从来没有离开过警队一天。

七

在秘书科工作岗位上，带出一支精英队伍，是李世全从警人生里一个重大使命。

从1993年起，他每年都参与治安处到北京的中国人民公安大学、重庆的西南政法大学等高校的招警。李世全是教师家庭出身,其实当年他的父亲也曾希望他做一名教师。这份未了的心愿,化作了他在秘书科岗位上的另一种虽然他不曾言说,却是实实在在的园丁般的爱与关怀,滋养着那些他精心挑选出来的优秀苗子。当年那些青涩的学子,如今许多都成了活跃在广州公安战线的精英和栋梁。

1993年,龚文武从中国人民公安大学毕业到广州市公安局报到,就是李世全从政治部接回来的。

那时候李世全也才刚到秘书科,分管他们的是市局办公室过来的笔杆子魏茂锐副科长。遇到写大总结、做大方案,或是起草一个新的管理条例,魏科长采用的是"分猪肉"的办法。第一部分总是李世全负责,第二部分是后来划分到户政处的秘书科副科长邱国梁,那个时候的龚文武还只能写一些不太重要的小材料。魏科长对公文写作有极高的要求:"多一字则长,少一字则短"。虽然领导要求严,但是每次写得又快又好、能"一稿过"的人,一定是李世全。

当时电脑还没有普及,有许多材料是用手写的。李世全手书的公文,是后来每个走进秘书科的人都必须学习的范文。李世全从小写得一手标准、漂亮的楷书,稳正严谨,章法有度。那时候写公文,科长改一次,他要抄一遍;处长改一次,他又要抄一遍;到局长那里最后改一次,他还要抄一遍。最后能"出街"的公文,每一份都是他青春心血的结晶,谁拿在手里,都能感受到一份沉甸甸的厚重。

龚文武的入党介绍人是李世全。龚文武的入党申请书，从头到尾写的是他父亲——一个长期在乡镇工作的老党员对他的影响。李世全看完后，平日里不苟言笑的他兴奋地说："龚文武，你可以啊，写的全是真情实意。"

李世全很反感很多人的入党申请书抄《党章》，也不知道自己懂了没懂，一股脑就一段一段地抄上去，结果变成大家的入党申请书，开头都长得一个模样。据说，在他的带动下，他的那些"徒弟们"，都没有人用这种文风写过入党申请书。

到了李世全带徒弟的时候，他的方法就是让新来的同事，将他整理出来的每一个公文的档案从头到尾看一遍，知道了流程就让他们少走弯路，所以他的后继者们上手都很快。

龚文武开始写公文的时候，文风有点像野马，由着性子，潇潇洒洒先写完再说。李世全不喜欢过多地说教，他拿过稿子，开始一个字一个字、一个段落一个段落地改，把那些跑偏的话、说过头的话全部给他收敛过来。

他的徒弟揭伟说，李世全那时候最反感的就是拿起笔就开始写，一点都不考虑方案可不可行，基层能不能接受。秘书科的人是"靠脑子"吃饭的不假，而李世全可以负责任地说，他在秘书科岗位上写下的每一个字，首先是靠他那双脚"跑"出来的。他的徒弟们后来一个一个都很厉害，也是得益于他这方面的"真传"。

李世全对数字极其敏感，有问题的数据是很难逃脱他那双自带X光的"鹰眼"的。包括标点符号，他都不允许留下任何瑕疵。他就是一个有着文字洁癖的"完美主义者"。这一点，他的每一个徒弟都领教过。

乔布斯有一句经典名言："如果要做成一件事儿，你就要对它十分十分地热爱，否则就没有意义。"而李世全，就是对工作无比地热爱，才有了今天所有的成绩。

"细致"是他对秘书科里其他同志的要求，而"极致"才是他对自己的要求。一个文件，无论经过多少人的手，最后都会由他来改。他把一切压力都留给自己，于是同志们都习惯了这样依赖他。

他的"大徒弟"刘景喜说过一句话：他都已经做到政治部主任了，他那支笔还是像他当科员时候那样停不了，还是像过去那样容不得半粒沙子。

一支笔，一个印有"广州市公安局治安处"字样的白瓷杯子，二三十年来，一直陪着这个白瓷一样的人，一直用到他最后离开人间。

八

刘景喜，天津人，时任广东省公安厅办公室副主任，他曾经与李世全一起同在秘书科和治安处共事多年。

1999年，广州市公安局去中国人民公安大学招警，面试官是李世全和广州市公安局户政科的一个科长。

热爱古籍的李世全一眼就相中刘景喜，估计是当时刘景喜和别的同学不一样，手里正好拿着一本《三国演义》。

就这样，跟在李世全身后，刘景喜走进了广州市公安局。那个时候，他的同学如果选择广东，多半会去深圳和珠海这些特区城市，而他却庆幸自己选择了广州。在他眼中，广州是一个"新里藏着旧，旧里裹着新"，既古老又年轻，既充满市井烟火文化又非常厚重的城市。

而刘景喜一点一点接受广州的过程，实际上就是接受李世全这个广东人的过程。他喜欢李世全的低调和妥帖，感受他的温暖和完美，接受他的包容和率真，同时也理解他藏在骨子里的志气和血性。他认为，在李世全身上，无时无刻不散发出"厚于德、诚于信、敏于行"的广东人精神。

在刘景喜的记忆中，那时，李世全永远是领导眼中的"细全"，广东话"细"与"世"同音，老领导都爱叫他"细全"，就是小全、后生仔的意思；兄弟们嘴里他叫"阿全"，那是亲密无间的情感表达；徒弟们习惯叫他"全哥"，那是血浓于水的感情流露。

那阵子，秘书科情况组8个写材料的，6个都是李世全从公安大学招进来的，都是离开父母的外地人。在他们眼中，李世全就是他们在广州的亲人，他们跟在李世全的身后"5+2""白加黑"地工作着。

那就是一个梦想纯真的年代，那时候，他们都是干活不惜力气的年纪，他们庆幸在人生最宝贵的年华里，遇到了一位把对生命的"热爱"传承给他们，又教会他们如何去"热爱"的好师父。由此，他们发自内心地感受广州、热爱广州。

广州，也正是在这时突飞猛进地发展起来的。

九运会，让曾经到处是城中村的天河，突然变得星光熠熠。第100届广交会上璀璨的烟火，映照着美丽的花城景色。而亚运会开幕式上，海心沙的梦幻，更让人目不暇接……

每当这些时刻，他们的心底都会涌动着同一种刻骨铭心的悸动，因为属于广州的每一份精彩，都少不了他们这些昼夜护卫着广州大地安宁的"安保人"，以及他们不惜肝脑涂地的敬业精神。

李世全，就是用自己火一般的工作热情，一点一点地影响着他周围的每一个人。他把对这座城市的热爱，把他对安保工作的经验，全部传输给了他的这帮徒弟们。

有一次，一位很器重他的领导当众问他："世全，给大家说说你干活的窍门吧。"

他用他惯常的不温不火的语气说："没什么窍门，就是'死做烂做'而已。"

大家都笑了。

虽然，外表看来，他是那么温和平淡，仿佛一杯温开水，从不滚烫灼人，却经历过内心的沸腾。

他教出来一个龚文武（时任广州市公安局天河区分局训练大队四级高级警长），马上就要像他一样带一支600人的队伍去接手广交会安保办秘书科的工作。

他教出来一个刘景喜、于海澎，马上可以从他手里接过各种大型群体活动安全保卫任务。

他带出来一个李鑫宇（时任广州市公安局指挥中心指挥处副处长）、揭伟（时任广州市公安局治安支队副大队长）马上就会从他手里接过"扫黄打非"，禁毒宣传，独当一面去工作。

他不知疲倦地吐出生命的光热和爱，带出了一支队伍。他们是那种心想在一起、劲用在一起，可以一起上刀山、下火海的兄弟。这是他的人格魅力，也是他的人生追求。

14年秘书科生涯，徒弟们和战友们，都在心里敬他爱他。那份感情，一直藏在大家的心底。从来不需要想起，永远也不会忘记。

广州市公安局指挥中心廖伯生，十年前还是李世全手下的一名副科长，他记得很清楚，李处长曾经对他们说："你们的岗位太重要了，如果你们提供的数据有一个错误，就可能在实际工作中被放大很多倍，甚至影响领导决策。"后来李世全送给他们几个人一本书，书名叫《有一类战犯叫参谋》。这本书廖伯生到现在依然珍藏着，他说这本书，影响和改变了他很多对待工作的态度和方式。

"李主任对数字很敏感，我们日常报上去的每一笔有关经费支出的审批，不管金额大小，他都对照政策一笔一笔地仔细审核，然后再用计算器一个数一个数地计算。他总跟我们说，经费的使用是有严格规定的，要确保每一笔钱的支出不仅合规合法，更要用到刀刃上。"政治部民警宋军华说。

"有信心、有能力、有决心做好治安工作的底气。不贪图享受、不讲吃喝玩乐，这份信念，是无数个像李世全一样的'治安人'练就铸成的精神。"这是广州市公安局治安支队四大队副大队长赵博说的。赵博也是当年李世全从公安大学招进广州市公安局的。

九

2002年10月，治安处，也就是原来的广州市公安局十处，正式更名为广州市公安局治安管理支队。

2003年3月13日，36岁的李世全被任命为广州市公安局治安管理支队一大队教导员。

2004年8月13日至2008年4月23日期间任一大队大队长。

一大队是专门负责广州市范围内发生的大型群体活动安

全保卫工作的专业大队，大队长虽然只是一个科级干部，但在大型活动的安保组织过程中，常常是可以号令千军万马的角色。但同时，他们担负的责任也十分大，常常一个活动的安全，一城百姓的安危，都压在他们肩上。

这个岗位上，李世全的前任彭国安，继任龚文武，都深有感触。

彭国安回忆，20世纪90年代初，广州刚刚开始搞"南国书香节"，现场就在交易会馆。开展前，主办方完全没有想到群众会有那么高的热情，人流出现"井喷"，一度失控。那时候还是凭票入场，位于交易会展馆门口的入口比较狭窄，造成了大量人群的拥堵。

当时交易会展馆大门还是一排安全系数很低的玻璃门，那一天，失控的人流冲击着玻璃门，能听见玻璃门接口处正在发出"吱吱"的响声。现场，彭国安冲过去大吼："停停停，必须马上停止售票和验票。"因为停止得比较及时，避免了一场后果难以估量的事故。

事后主办方也有些害怕，但也是从那时起，后面几届，主办方和治安部门建立起了良好的合作模式，之后每年"南国书香节"开幕，都提前做好安保预案。

做好大型活动安保，是李世全警察生涯最杰出的贡献之一。也是以他为代表的广州公安一代又一代"安保人"的历史使命。

然而，从新中国刚刚成立直到计划经济时代，广州在这个领域的理论几乎是空白的。老一代治安人有办法、有经验、有案例，但是受历史和条件的限制，没法总结和提升。

关于广州公安历年大型安保活动，《广州市志》有如下记载：

从1949年以来，公安机关承担国家首脑、重要外宾的安全警卫，和广州历届"中国出口商品交易会"、第六届全国运动会等大型团体活动的保卫任务。

1987年11月20日和12月5日，国家领导人及国际奥委会主席萨马兰奇和36个国家、地区的体育部长等贵宾分别参加第六届全国运动会的开、闭幕式，其间观看燃放烟火、火龙舞等节目，全场熄灯近20分钟。这一次，外宾们纷纷惊讶感叹：中国的社会治安良好。

……

20世纪90年代开始，随着经济发展和人民生活水平的提高，各类群体性文化体育活动和商业性活动日益增多。

广州市公安局根据1993年1月1日起施行的《广州市公共场所大型群体活动治安管理规定》，制定了《广州市公共场所大型临时性群体活动治安管理实施办法》，对在市内公共场所举办大型临时性群体活动实行两级管理。即举办一般性大型活动（一日或每场次参加人数在1万人以下，不跨区、县），由区（县级市）公安机关审批，报市公安局备案；跨区、县（市）举办或参加活动超过万人的，由市公安局审批。对不符合安全规定的，在法定期限内发出整改通知书或不准举办通知书。对批准举办的活动，活动前制订安全保卫方案，明确各部门、各单位（包括主办单位）的任务分工和具体要求，并组织落实。活动期间，组织警力维护现场内外的秩序和处理有关治安问题。

1991年至2000年，广州举办的各类大型临时性群体活动约2200场次，其中包括首届世界女足赛、第三届全国残疾人运动会、广船国际股份有限公司等5家企业及广东电力股份有限公司首次公开发行股票，每年的迎春花市、烟花晚会、重阳登高、春秋两届中国出口商品交易会……

1994年恢复举办的每年一度的龙舟竞渡活动以及众多的博览会、演唱会、彩票销售、募捐"百万行"等大型活动，均没有发生群死群伤和火灾、交通等重大事故。

而这每一个安保活动的方案、规定、办法，数字背后，无疑凝聚着李世全和他那一代广东公安安保人的智慧、心血和奉献。

十

新世纪的到来，广州、广州警队以及李世全本人，都迎来爆发式的巨变。

历史呼唤着李世全这样的英才出现，呼唤破冰者带来崭新的改变。

李世全学历高，且一直有着爱学习的习惯。他的同事们都说，虽然他是那种勤勤恳恳的"老黄牛"风格，但同时又是一个有文化有思想的智慧型领导。很早的时候，他便把"大数据"理念结合到安保工作中去，为广州公安创建了"大安保"的体系。并不断总结梳理，形成了一套完整的"大安保"流程。

从他这里开始，大型活动安保有了一套科学完备的理念、规范和体系，而这些理念、规范和体系在他十八年如一日耕耘在治安一线的"试验田"和"梦工场"里不断创新、发展、提炼，以一个个新鲜出炉的"广州经验""广州样板""广州模式"的面目，不断刷新新时代治安管理大型安保领域的中国故事、中国道路、中国经验。

那个年代，也是文凭和学历变得越来越吃香和紧要的时代，他的很多大学同学和朋友都在忙着考研考博，或者"下海"经商赚钱。而他只是一味地默默地做着自己每一天的工作，把一篇篇开拓创新、守护大城市平安的论文写在大地上。

在懂他、敬他的人心目中，李世全对转型社会治安管理规律的探索和在大型安保活动领域的贡献，真正为广州的安宁加添了不容忽视的一笔。

用曾毅常的说法，李世全在秘书科14年的累积，都是为了让他在大型活动安保这个平台上大显身手。

当时一大队经办的重大安保活动的方案，按照流程都要通过秘书科把关才能实施。所以秘书科与一大队之间只隔着一层随时可以捅破的"窗户纸"的距离。

14年间，李世全以一己的生命，像一枚"温度计"潜入城市的夜幕和地表深处，探测着城市的冷暖。他用那双总要穿到开花才肯换下来的皮鞋，去丈量城市的各个角落：哪里人多，哪里坡陡，哪里塌陷，哪里拥堵……他凭着一双手一支笔，像解剖师一样提前为这个越来越大的城市，去做好全覆盖、全方位的治安体检、扫描、评估。

那些年，一年365天，200次以上的大型安保活动和赛事的密集考验，他像海绵吸水一样吸收着每一次大考给予他们的养分，过滤掉那些不足和教训，把风险和隐患阻挡在城市的肌体之外。

比如九运会，奥体中心场馆，走完一圈要一个小时；广交会展馆，全部走完要一天，他都不厌其烦一步一步地走过无数遍。走着走着，他眼里就有了光，而这光就可以在夜晚照亮他那支不知疲倦的笔，一笔一画勾勒出一个统揽全局、确保万无一失的安保方案：门怎么开？警力怎么布置？多了是浪费，少了有隐患。应急预案有几套？

他特别爱走又特别能走的功夫，或许就是在那个年代练出来的。他一年四季穿在脚上的永远都是那双半旧不新的警用皮鞋，经常都被磨得花花的。他一直都舍不得把旧鞋扔掉，因为旧了更柔软，更好走。

李世全不但擅长写安保预案、方案，他还特别擅长总结提升。那些年，每完成一项大型安保任务，李世全都会总结出一套完整的运行档案，每一个档案就像一本鲜活的教材。而这些教材汇聚起来就是一个强大的数据库，这些数据库直接聚合为李世全早期安保智慧的"数据模块"。

老"十处"政委刘宝焕回忆起了20年前的往事。

整理装订档案是李世全的一大爱好，很少有年轻人有他这种爱好。

他整理档案又快又好，而且一动手干起来就没个完。光是一个九运会就能整理出来两大玻璃柜档案。李世全的字很漂亮，谁拎出一本捧在手上都觉得有说不出的好。"在这一点上，我们谁也干不过他。"他的前任、后任都由衷地佩服。

中午，办公室几个女同志饭后，都会到附近的人民公园遛一圈再回来。一天，刘大姐回来时，发现李世全躺在沙发上，一张报纸盖在头上，一双快开花的皮鞋耷拉在扶手上，呼噜噜睡得正香，桌上是一排刚整理一新的档案。刘大姐不禁心疼起来："李世全，你怎么这么懒，又不吃饭，快起来……"

作为中山大学图书情报学系毕业的高才生，大数据的思维，在那个时代还是极其稀缺的思维，却是一直蛰伏在他思想深海底层的岩浆，一旦遇到合适的地层就可以冲破层层压力，爆发出"井喷"的"洪荒之力"。

"老安保"彭国安回忆说，早期的广州市大型安保，仅限于规模不大的群众性聚集活动。规模大一点的足球比赛，安保的手段也就是把笨重的安检门抬到越秀山下体育馆入场口，有时安检门还出故障，又改回人工操作。

就是这样"零基础"地起步，李世全带领着新一代安保团队，一刻不停地赶超自我、赶超时代。在设备有限、警力有限的条件下将安保智慧发挥到极致，缔造了一段又一段永载岭南大地安保史册的传奇。

第三章

流花之治,一场没有硝烟的战役

广州的流花湖很漂亮,相传是晋代的芝兰湖。

然而,曾几何时,只要说起流花湖一带,老广州们的心中,便是对"安全"的担忧。

二十世纪八九十年代,流花地区因为靠着广州火车站,曾经是广州治安最复杂的地区。流花地区的整治,成为广州公安多年来不懈的战役,一场没有硝烟的战役。

广州市人民政府在1993年7月，专门针对流花地区的治安状况，出台了一项地方性法规，叫作《关于流花地区违法人员处理暂行规定》，用现在的话说叫"特别法"。针对一个特别的地区出台一个特别的法规，这件事本身就足以说明当时的流花地区的治安有多严峻。

关于这一地区，法规中还专门做了规定：流花地区，是以广州火车站广场为中心，东起越秀山电视塔，西至环市西路103中学，南起流花路段，北至桂花岗天桥。

一

当年流花地区的治安情况有多复杂多困难，现在的年轻人可能根本回答不出来。

《关于流花地区违法人员处理暂行规定》规定了十种违法行为，应该根据国家《治安管理处罚条例》从重处罚：

（一）倒卖火车票、汽车票、飞机票的；（二）买卖工作证、通行证、单位证明的；（三）买卖发票等各种票据的；（四）买卖黄色书刊、淫秽物品的；（五）结伙斗殴、寻衅滋事、侮辱妇女或其他流氓行为的；（六）殴打他人造成轻微伤害的；（七）非法买卖、携带管制刀具、仿真枪械的；（八）非法携带剧毒、易燃、易爆等危险物品的；（九）偷窃、诈骗、抢夺少量公私财物的；（十）以拉客、照相、出租电话磁卡、强行搬运行李、招工等为名敲诈勒索的。

除了这十种可以给予处罚的乱象，还有很多不能用处罚来处置却令人十分头痛的乱象，例如，流浪乞讨者云集，吸毒者、精神病人滞留等。

那些年，上述这些乱象，几乎是流花地区街面和火车站广场上到处都能见到的现象。

"地方小，环境杂，坏人多"。当时，流花管委会曾对流花地区的治安形势做了这样的概括，"黑租屋""黑公话""黑换币"等乱现象也是随处可见，防不胜防。

流花地区面积约4平方公里，它是广州市中心的交通枢纽，拥有广州火车站及省汽车站、市客运站；它还是全国规模最大的时装批发集散地，拥有白马等大型服装批发市场20多家。交通、商贸功能的高度发达，让它成为广州市流动人口最多、最集中、人员成分最复杂的地区。

据当时的不完全统计，流花地区在平日里，每天的人流量在40万~60万人次。而一到春运、黄金周等人流高峰期，则达80万~100万人次。

　　人多，特别是流动人口多，客观上容易给违法犯罪分子可乘之机。

　　《羊城晚报》在2005年11月28日有过专题报道，1月份至10月份，"双抢"和盗窃案件分别占了越秀区全部刑事案件的56%和28%，盗抢案件共占了84%。同时，诈骗活动也比较突出。在火车站广场及长途汽车站场周边，各种以老乡骗老乡、打电话冒充亲友接送等诈骗活动非常频繁。1月份至10月份诈骗案件占了全部刑事案件的12%。各类轻微违法行为多发。一些不法分子利用流动人口多、治安情况复杂等特点，盘踞在流花地区从事非法活动，比如摩托车非法搭客、"野鸡车"非法拉客、私拉公用电话进行勒索、卖伪劣口香糖等物品、找假钞、炒卖假票证、乱摆卖、强讨要、吸毒、诈骗等非法行为，严重扰乱了社会的正常秩序。

二

　　岁月的长河里，如果我们一定要挑选一张又一张老照片，来辨识广州曾经的容貌，唤醒一代人深埋心底的集体印记，除了珠江岸边、海珠桥畔，还有一张一定就是广州火车站。

有着"统一祖国、振兴中华"醒目标语的广州火车站，全国独此一家。这个标牌是1986年挂上去的，封存着属于那个时代的气息，见证着沧桑的流年。

广州火车站的前身，得追溯到1911年投入运营的大沙头火车站。

大沙头火车站是老广州的第一个火车站，又称广九火车站，是广九铁路（广州到香港九龙）内地段的终点站。一直以来，广州就是中国南方最大的城市。1949年中华人民共和国成立后，特别是1957年武汉长江大桥建成，京汉铁路和粤汉铁路合并为京广铁路，成为横跨南北的交通大动脉之后，广州的客流量大增，当时的大沙头火车站明显无法满足需求。

1960年，作为国家重点建设工程的广州火车站正式动工，选址在广州市越秀区流花桥畔，最终于70年代建成并投入使用。广州火车站外观宏伟壮观，站场总面积有12万平方米，候车室面积有8504平方米。内部装修采用富有岭南特色的园林设计，一度让它成为广州的新地标。1985年，广州火车站与流花桥一带的广交会流花路展馆（中苏友好大厦）、广州东方宾馆新馆、友谊剧院等建筑一起，入选"羊城新八景"，被称为"流花玉宇"。

从诞生的那天起，广州火车站就一直吸引着全国人民的眼球。一方面，广州是改革开放的前沿阵地，港澳台居民和海外侨胞乘坐火车进入内地，往往第一个见到的城市就是广州，第一个登陆的地点就是广州火车站。另一方面，珠江三角洲是干事创业的热土，"东南西北中，发财到广东"，数以百万计的外来人员，坐着火车，纷至沓来。

数据显示，1986年，广东的外来人口达到185万人；1988年增加到320万人。到如今，2020年官方公布的数字是960多万人。而这日复一日、年复一年，蔚为壮观、世所罕见的人口大迁移的洪流，多年来，就是从广州火车站这个"井口"喷涌着流向四面八方的。

多年来，流花地区作为淘金者、冒险家们的乐园，也在日日上演着财富的传奇。1993年1月，毗邻广州火车站的广州白马服装批发市场开业。头一天，众多小老板们坐着火车到广州，当天拿货返回，第二天，白马服装批发市场里的时装就能够进入内地的许多二三线城市、县城、乡镇，引领时尚潮流。据统计，2000年前后，广州白马服装批发市场每年的交易额，已经达到了100多亿元。这相当于一个内地中小城市全年的地区生产总值。

与此同时，隐身在淘金者、冒险家们身后的各种黑恶势力、非法利益集团也鱼龙混杂，纷至沓来。曾经，网络上流传着一份名为《安全经过广州火车站攻略》的"宝典"，上面总结了35条经验之谈：出站后，不要听、不要说、不要吃、不要喝、不要买、不要打（电话）、不要松（开行李）、不要戴（首饰）、不要接（地图）、不要问（路）、不要信……如果这些你都做不到，那么只好选择最后一条：离开广州。

这些年，笔者作为一个住在广州火车站附近的广州人，每每从流花桥下经过，远远地看着霓虹灯影里，那熟悉的"统一祖国、振兴中华"字样渐渐映入眼帘，总有一番感慨倏地涌上心头。可能再没有哪个城市的火车站能够像广州火车站这样，成为一个急剧转型的城市、一个在暴风骤雨中洗礼的中国社会的缩影。

如今的广州火车站广场，每到"春运"时节，依然会出现在新闻联播里。而如今展现在世人面前的，除了大都市的华彩，还有尽管步履匆忙，但脸上已然有了淡定与从容的民生昌隆与市井万象。

而这一切，都凝刻着无数个像李世全一样的广州民警的辛劳和心血。

三

李世全30年的职业生涯，折射的恰恰是整个流花地区治安状况由"乱"到"治"的沧桑巨变。

从警30年，李世全很大一部分时间都在流花地区工作。这里是他职业生命的疆场。

了解情况的人说，当年流花地区整治办公室里那张"流花地区治安整治重点区域"的地图,就是李世全他们用脚一步一步"绘"出来的。他和他的战友们,走遍了这一区域几乎所有的旮旯角落。不是一遍,而是一遍又一遍。那时候,他对流花地区的烂熟于心,如同熟悉自己的手掌一般。

从整治流花地区的治安,到滞留人员20万人的"1998春运",再到200万人滞留其间的"2008冰雪春运"。到后来,他担任越秀区副区长、公安分局局长。对李世全而言,流花地区的治安状况,一直是拨动他生命节律的钟摆,是他生命轮回里没有办法绕开的节点。

他的徒弟揭伟说,2000年初,自己刚刚走进治安处秘书科时,看到的第一份材料,就是李世全撰写的关于流花火车站地区治安整治的调查报告。那份报告是用钢笔写在一沓厚厚的稿纸上的,调研之深刻,数据之翔实,分析之具体,对策之精准,堪称典范。这份调查报告,无疑为顶层决策者解决流花地区治理问题提供了一个坚实的文本和基础。

笔者在广东公安档案馆查了一个下午,也没能找到揭伟说的那份调研报告。却意外发现了另一份文件。那是在千禧年元旦到来之前,省里对广州火车站整治提出的要求,从一个侧面反映了李世全当年调研报告的有的放矢,箭箭命中。

文件要求:近期整治任务要在元旦前完成,使流花地区发生一个"小变",迎接春运的到来;中期整治工作要打好"中变"几个硬仗,包括火车站的整体改造,地铁建设与铁路衔接的配套，各项管理工作走上正轨等等，使火车站地区面貌彻底改变；远期整治工作，实行铁路客运水平现代化与广州城市建设的"大变"，即与广州率先基本实现现代化结合起来。

在广东省公安档案馆，笔者查到1995年5月25日广州市公安局流花地区分局，写给当时的"流花管委会办公室"的《关于安装投币公用电话的请示》。

流花管委会办公室：

流花地区是一个复杂公共场所，治安形势一直相当严峻，群众被抢、被盗的案件屡有发生，为了方便群众及时报警，增强公安机关快速反应的能力，并根据各区报警厅安装报警电话的做法，经分局研究拟定在分局的部分报警厅旁边安装智能型公用投币电话。

同日，还有一个《关于要求拨款解决收治精神病人费用的请示》。

流花管委会办公室：

为了创造良好的治安环境，迎接第四届世界妇女大会的召开和国庆46周年，市局决定从现在起至国庆前开展全面彻底清理，收容盲流、乞丐、残疾人员、精神病人的行动。这次行动市局特别强调,加强对精神病人的收治,对收到的精神病人要通知市精神病防治科派医生检查。凭防治科出具的证明送病人到增城康宁医院治疗……

流花地区是广州的窗口地区,每年两届交易会在本地区召开,首长来穗视察,外宾来穗参观也大多途经本地区。我分局每年在本地区收到的精神病人近40人次,去年是37人次。如果不彻底解决精神病人的收治问题,对广州市的城市形象有很大的影响。第四届世界妇女代表大会开幕在即,广东是全国三个重点地区之一,而流花地区又地处广州火车站和广九直通车站,途经本地区代表的安全保卫工作尤为重要。彻底解决收治精神病人的问题,刻不容缓,恳请每年拨款7万元给我分局,用于支付收治精神病人的费用,以彻底解决精神病人收治问题。

从这一日两份的报告中,足见当年情势之火急,以及治乱之刻不容缓。

在广州市公安档案馆,笔者还发现了一份李世全撰写的《致流花及周边地区群众的公开信》。

现在我们暂且将此信当成一个历史文献来读一读,别有一番滋味。

流花及周边地区旅客、居民、商户及外来暂住的朋友们:

你们好！流花地区对于你们来说应该是十分熟悉的，它是广州市的"门户"和"窗口"，既是我市最大的陆路交通枢纽，密布着火车站、长短途汽车客运站、货运西站以及几十条公交线路，又是商贸繁华地区，中国出口商品交易会、中国大酒店、流花宾馆等10多间大中型宾馆以及一批大型服装、鞋类批发市场散布其中，并带动了周边地区的商贸活动。外地群众最初是通过流花及周边地区了解广州的，其治安交通秩序的好坏直接关系到我市的形象。

流花及周边地区在经济发展的同时，也逐步成为我市治安、交通问题十分突出的重点地区。刑事案件高发，"双抢"、盗窃突出，非法营运、电话宰客、炒卖票证、诈骗勒索等治安问题禁而不止，周边地区出租屋藏污纳垢，极大地干扰了人民群众正常的工作、生活和出行，直接损害了我市的形象。根据省委领导的指示精神和市政府的部署，我市公安机关在流花及其周边地区组织开展了治安整治行动，4个多月来，突出重点与全面整治相结合，打击破案、严密防控和整治突出治安问题多管齐下，取得了阶段性的效果，治安交通秩序得以明显改观，数以千计的公安民警和武警战士为此付出了辛勤的工作，武警战士黎桂城还献出了宝贵的生命。

我们深知，流花及周边地区的治安状况与你们满意的标准还有相当的距离，我们的整治工作没有结束，并将长期进行下去。多年以来，你们或许为流花及周边治安问题所困扰，相信你们已意识到流花及周边地区治安的好坏与你们息息相关，我们不懈的努力需要你们的支持配合。我们热切希望你们关心支持并积极参与整治工作，增强自防意识，组织区域联防，勇于检举违法犯罪行为，敢于与违法犯罪行为作斗争，你们的参与和支持必然倍增整治的力量和声势。我们深信你们的支持与参与是整治工作取得成功的重要保证。

为了让我们有一个良好的工作、生活和出行环境，请迅速行动起来，积极支持和参与流花及周边地区治安整治工作。

广州市公安局流花地区治安整治工作领导小组办公室
二〇〇〇年九月

这个在本世纪初便在流花地区广为流传的《公开信》，第一次就印刷了8万份。在广交会安保期间，笔者也参与过上门向广交会周边的商铺门店发放《公开信》的任务，只是当时还不知道里面的一字一句都是出自李世全手笔。

而公开信上提到的黎桂城，是流花地区治安史上一个永载史册的伤痛印记。

黎桂城，1980年8月生，广东省惠阳市（今惠州市惠阳区）永湖镇稻元村人，生前为武警广州市支队一大队三中队副班长。在2000年7月担负广州火车站治安整治勤务中，机智勇敢，仅仅在17天内，就抓获抢劫案犯7名。

2000年7月29日上午9时，一歹徒在广州火车站劫夺一名女青年的金项链后逃窜，女青年追着歹徒往广州火车站出站口处跑来，正在出口处值勤的广州火车站派出所民警谢亮立即上前追捕，追到广场大钟下，歹徒突然朝售票厅方向逃去。

此时，正在进站口的代理列车长王延初立即冲上去，从背后将歹徒抱住。不料，歹徒猛然从身上掏出一把匕首，反手向王延初狠命刺去，刺中了王延初的肝部，王延初随即倒地。

正在执勤的武警战士黎桂城见状迅速赶上前去，奋力按住歹徒。歹徒疯狂挣扎，用匕首朝黎桂城胸口刺去，黎桂城用警棍将歹徒的匕首隔开，丧心病狂的歹徒又一次扑向黎桂城，用匕首刺中他的腹部。黎桂城当即倒下，鲜血浸透了衣裤。

正当歹徒企图逃脱之际，黎桂城忍住剧痛，一手捂住伤口，一手抓住歹徒握刀的手，并用全身力量将歹徒压在地上。由于流血过多，压在歹徒身上的黎桂城晕了过去。

此时，正在附近执勤的武警官兵和公安民警赶到将歹徒围住擒获。

身受重伤的黎桂城被铁路工作人员送至广州军区陆军总医院进行抢救。

当天下午2时，黎桂城因失血过多抢救无效而英勇牺牲……

透过那些泛黄的稿纸，我们看到了在流花地区治安的漫漫征途上，那些在危难中敢于负重登攀，敢于挺身而出的先行者的身影。

历史永远记住了他们，广州永远记住了他们。

流花地区的整治工作，历时十余年，作为横跨世纪之交的成功案例，已成"中国之治"的一个经典。

当我们回头看的时候才发现，无论一个多么庞大系统的治理，其实都是从很小、很局部的切入口开始的。流花地区的"规范收容遣送"就是这样的一个切口。而从那个年代走过来的广州治安人都知道，最难、最复杂的，恰恰就是这最开始几步，就是这个小小的切口，最后奠定了"流花之治"的胜局。

李世全和他那一代安保人，作为破冰者的胆识和智慧，不会随着岁月流逝而消隐，他们留在广州火车站的足印，无疑提供了一个解放思想、实事求是、敢为人先的改革开放前沿阵地"试验田"。

就是在这里，广州的长治久安，开始越走越远。

今天，李世全的在天之灵一定能够感知到，整个流花地区翻天覆地的变化：

广州火车站即将拆除重建，新的广州火车站有南北两个广场，8条地铁和城际铁路在此交汇、换乘。

届时，广州火车站将成为世界上最先进、最漂亮的火车站之一。曾经的混乱状况，将彻底成为一个遥远的江湖传说，永不再现。

几年之后，流花湖的芬芳，将让这一片地区更加美丽。

第四章

广交会，看不见的铜墙铁壁

"花城百花开,花开朋友来,鲜花伴美酒,欢叙一堂抒情怀,新朋老友诚相待……丝绸新路通四海……"

20世纪80年代初,一部广交会题材的电影《客从何来》让许多中国人了解了广交会。而它的主题歌《迎宾曲》,由著名歌唱家李谷一演唱。歌曲一经推出,立即唱响大江南北。直到现在,已成为重大迎宾场合中的经典曲目。

世界级交易盛会的背后,从主场馆到各宾馆,有一道隐形的铜墙铁壁,保卫着广交会的安全。这,就是李世全和他的战友们。

2001年起，广州市公安局治安处开始牵头负责广交会的安保工作。

此前，广交会安保一直作为中央直管的国家事权，由经文保部门负责主管。初一接手，从省厅到市局到各警种各部门，大家都面临着一个新的挑战。

一

2001年，时任治安处秘书科副科长的李世全，作为具体操盘的总联络人，没有辜负组织的信任，没有辜负时代的召唤。他和他的团队，为广交会安保工作开辟了一条新路径。

接到命令后，李世全迅速协调60多个单位部门，一手组建起600多人的广交会安保团队，第一时间进驻了广交会。通过不停的行走摸查，到每一个相关部门了解情况之后，他字斟句酌、一字一字地写成了一份非常具体的《广交会安保方案》及应急预案。

广交会安保，李世全开创了"情报预判""以面保点""大军团作战"等多样化的大型安保活动模式。一直到20多年后的今天，还在深深地影响着广交会安保工作的方方面面。

2021年的秋天，广州迎来了第130届广交会。

当年被周恩来总理亲自命名的"广交会"至今已历六个甲子，这个名动天下的"中国第一展"之所以落地广州，是时代的选择与历史的必然。

中华人民共和国成立后，一些西方国家敌视新生的社会主义阵营，1949年11月，在美国提议下，一个实行禁运和贸易限制的国际组织"输出管制统筹委员会"在巴黎秘密成立。1951年，美国又操控联合国通过对中国实行"禁运"提案，对我国实行经济封锁。

当时，国家建设所需的大量物资因缺乏外汇而无法解决，中国急需寻找一条扩大对外贸易的渠道。

1956年11月，中国国际贸易促进委员会在广州中苏友好大厦举办了第一次大型的国际贸易盛会——中国出口商品展览会（简称商展会）。《人民日报》在当天发表社论，高度评价了这次展览的意义。

鉴于这次展览会的成功举办，外贸界人士建议，凭借广州毗邻港澳，交通方便，华侨众多，对外联系密切，交往频繁的特殊地缘优势,在广州举行全国性的出口商品交流会。这个建议得到了周恩来总理的赞许。

于是,从1957年起,中国出口商品交易会便每年分4月和10月两届,定期在广州举行——这成为我国发展对外贸易的一条重要渠道,同时也成为展示我国社会主义建设成就的重要窗口。

"既然在广州举办,就简称为广交会吧。"

于是,从周恩来总理开始,广交会这一称谓便在业内流行开来,一步步深入人心。

2007年春季,第101届开始,广交会开始设立进口展区,正式更名为"中国进出口商品交易会"。中国进出口商品交易会每年春秋两季在广州举办,由商务部和广东省人民政府联合主办,中国对外贸易中心承办。

这是中国到目前为止历史最长、层次最高、规模最大、商品种类最全、到会采购商最多且分布国别地区最广、成交效果最好的综合性国际贸易盛会,被誉为"中国第一展"。

在当年那个物资极其匮乏的时候,广交会从其诞生的那一天起,就承载着中华民族国富民强的期许和梦想。广交会自创办以来,一直受到党和国家领导人的高度重视和亲切关怀。近年来,作为我国外贸出口成交主要渠道,广交会不仅是展示我国改革开放和经济建设成就的重要窗口,还是促进中外友好交往的友谊纽带。

广交会从1957年开始举办时只有19个国家和地区的代表团参加，到1990年第68届时，已经发展到117个国家和地区前来参展，2021年第130届展览，已经有超过200个国家和地区参加。

每届广交会，在广东省、广州市人民政府的领导下，以公安机关为主组成专业安保机构。除了交易会主会场之外，各级公安机关与基层治保组织，还要在全市各宾馆旅店以及重点公共场所和马路上投入大批力量，严密各项治安防范措施，确保宾客安全（2020年，因疫情，广交会改为线上交易模式）。

笔者采访广交会安保多年，印象最深的是一些老"广交人"都深有感触的一句话：广交会不愧为中国第一展，其中安全因素是其巨大的无形资产。其久经考验的安全系数，无疑是广交会大大的一块"金字招牌"。

二

多年来，广交会安保工作的组织系统在岁月的长河里渐渐科学化，发展成符合自身规律的自成一体的严密体系。

作为"中国第一展"的广交会，其安保工作的组织领导，一直都是极高规格和极其严密的。

在中央和广东省、广州市政府的领导下，每届广交会按照惯例并结合新情况建立各级保卫机构。

20世纪90年代中期以后，随着广州市治安形势日趋复杂严峻，安全保卫工作的组织领导得到进一步加强，各承担安保任务的部门分工更细、职能进一步明晰。在大会临时党委的领导下，由商务部人事司保卫处、广东省公安厅、武警广东省总队、广州市公安局、广州市国家安全局、中国对外贸易中心保卫处组成交易会安全保卫办公室，组织开展广交会的安保工作。由广州市公安局主管副局长任保卫办主任，广州市公安局治安管理支队、商务部人事司保卫处、广东省公安厅治安局、武警广东省总队、广州市国家安全局以及外贸中心保卫处、属地有关分局、广州市公安局交警支队有关负责人，出任保卫办副主任，统一组织、领导、协调广交会的安全保卫工作。

展馆内的防范，无疑是广交会安保最重要的一环。在广交会保卫办统一领导下，从广州市公安局直属单位及部分区分局、广州市安全局、中国对外贸易中心保卫处、武警部队抽调人员，混编组成秘书科、展馆科、工作科、门卫科、交通管理科、机动队、排爆安检队、驻会武警中队，分工负责，确保各项安保工作落实到位。

进入2000年以来，发生了一个重大的改变。广交会的安保牵头部门，从过去的经文保部门为主，改为由治安部门负责。

当时,与广州火车站地区仅一步之隔的流花地区,周边还密布着多个闻名全国的大型批发市场:各种批发市场日进斗金,各种贸易江湖人员混杂,也有不少黑恶势力混迹其间,盗、抢、杀、骗,作案频繁,成为全国关注的治安重点。

而当时位于流花湖畔的广交会会馆,正好就毗邻广州火车站。每届广交会将会有半数以上的大客商云集在此,而历经多次整治又无数次死灰复燃的"流花之乱",一直是广交会安保工作的"心腹大患"。

不仅中国如此,世界也很不太平。

2001年美国"9·11"恐怖袭击事件发生后,在世界范围内迅速掀起了一场反对国际恐怖主义的浪潮。恐怖主义活动的愈演愈烈,也使世界各国,包括我国在内日益重视、警惕国际恐怖主义活动。广州作为对外开放的特大城市,中国的南大门,以广交会为龙头的国际商贸文化活动频繁,所面临的恐怖主义的威胁也不断上升。

当年,中央政法委曾研判分析,广州是全国最有可能发生恐怖袭击的城市之一。

在这样的氛围下,由直面社会管理的治安部门全面接手广交会安保,的确是形势所迫。其挑战之大、压力之重、困难之多,可想而知。

而"大治安""大安保"的安保模式也在这样的形势所迫中成为必然。

2001年，时任治安处秘书科副科长的李世全，被任命为广交会保卫办秘书科科长，负责整个广交会安保方案的起草，并作为具体操盘的总联络人，牵头组建广交会安保办进驻2001年4月广交会的春季交易会。

组织上为什么会把当时只是治安处秘书科副科长的李世全，放在"广交会保卫办秘书科科长"这个重要的岗位上？

时年33岁的李世全身上，此时爆发出他在安保方面的智慧、能力和工作激情，已成指数级聚集，是谁也挡不住，谁都能看见的。也正是基于这个因素，上级部门把这个重担压在了年轻的李世全身上。

三

是不是得益于当年在中山大学图书情报学的专业学习，不得而知，但至少可以说，李世全很早就在头脑中植入了情报理念。他首先从"情报预判"入手，未雨绸缪，从一开始就在战略上锁定了胜局。

在当时，整个社会的治理，正处于从过去计划经济时代粗放简单的经验模式，向规范系统的管理革新模式转换，这种发端于"大数据"的情报预判思路，对整个交易会的安保理念，无疑具有先锋引领作用。

在位于广州市白云区政通路的广州市公安档案馆里，笔者非常仔细地查阅了李世全从2001年进入广交会安保后形成的20多卷档案材料。当年，笔者在采访交易会安保时，和李世全所共同亲历的发生在流花湖畔广交会安保指挥部的一幕又一幕，此刻涌入脑海，浮现在眼前。

李世全首倡的"风险评估机制"，是通过收集社会方面的治安信息，然后对展馆内通道、容量等技术指标进行测量的手段，对包括社会治安形势、火灾事故隐患、盗窃案件发案数、警戒护卫工作、展会系列活动五大项内容进行安全风险评估和预测，得出"四高一低"的结论：四高，即嘉宾人数不断增多，以盗窃为主的侵财类案件数量可能升"高"；党和国家领导人到会，警卫级别和要求会越来越"高"；展会系列活动多，警力使用频率和工作压力"高"；流花展馆硬件设施陈旧，火灾隐患"高"。一"低"即社会面治安形势稳定，涉会的群体性事件和恐怖事件发生率"低"。

根据风险评估的结果，李世全率领安保筹备小组，提前40天进驻流花路交易会展馆，开展前期调研和协调工作。他们对历届广交会安保工作分线分片进行系统梳理，一共搜寻出了29个突出问题。

"如果这29个问题都能在开幕前逐一解决好，安保工作不能说是完成了一半，至少也可以说是按照预定目标坚实地迈出了一大步。如果这29个问题有1个问题没解决，安保工作就有可能全军覆没。"这是李世全在秘书科召开的筹备组工作会议上讲过的。

笔者当时是第一次采访广交会，也正是在这位面容年轻，身体壮实，却两鬓斑白的年轻的"老安保"那里，第一次知道了"万无一失，一失万无"的道理。

当时李世全不过30多岁，他给笔者留下的最深刻的印象，就是他斑白的两鬓。他的徒弟们那时叫他"全哥"，但后来更年轻一点的就直接叫他"全叔"了。当然这里有故意"逗"他的成分，但他头发的过早花白也是原因之一。

针对广交会纸质证件防伪水平低、电子系统中录入的资料过于简单、采购商资料未输入入口验证系统等问题，筹备组协调落实了外贸中心增配手持验证设备，严格按照规范要求录入采购商重要信息，并与门卫验证系统并网合成总数据库，以便随时存查、比对。

针对使用假证、借用他人证件、重复办证等违反证件管理规定比较突出的情况，筹备组协调外贸中心编制登记软件，收集录入违规证件的资料，以便有效减少违规使用证件情况的出现。

针对来宾报到处办证柜台数量不足、规划不合理、办证速度慢等问题，筹备组协调落实了外贸中心增加办证柜台的数量，调整办证柜台的布局，协调边检部门增派人员，加强来宾报到处的证照查验工作。

针对流花路展馆消防设施和电气线路老化,存在火灾等安全隐患的问题,筹备组协调落实外贸中心,提前雇请专业公司,对流花展馆消防系统和电气线路提前进行全面检测和养护,能修则修,该换就换。

针对现有安检排爆装备数量和质量达不到要求的情况,筹备组也派人跟进,协调落实。

还有——

进馆车辆安全检查难度较大的问题。

以往展位出现的占用消防通道的问题。

特装展位的搭建缺少必要的监督和检验的问题。

布展材料重复使用或自行进行消防处理,防火质量难以保证的问题。

流花展馆在筹、撤展期间车辆拥堵严重的问题。

广交会开幕期间,流花馆一号门外翻译区人员众多,秩序混乱,影响大会整体秩序和展会形象等问题。

…………

这些外人看起来大概会感到枯燥无味的专业性极强的文字和数字,却是那些日子广交会安保人,要在不到40天的时间里必须啃下来的一个又一个硬骨头。

诚然,每一届广交会面临的情况都有不同,广交会这么多届,每一届最后都安全落地,必定有其丰富的经验。然而隐患和漏洞也会因为历史和现实的原因留存下来，有些甚至积重难返，而沉淀下来的，往往就是最难对付的。

千万不能有一点侥幸心理，李世全要求大家把这一个个问题全部整理出来，于是有了那29个最难解决的问题的解决方案。

显然这是29块最难对付的"骨头"，但这最硬的"骨头"，最后还是硬不过安保人坚硬的"牙齿"，他们最终赶在开幕式前，一块一块地把这些硬"骨头"啃了下来。

第90届广交会开幕式前一夜，已经凌晨1点多了，李世全还在指挥部开会没有回来。还有几个小时，有党和国家领导人出席的开幕式就要举行了。关于这一届广交会，指挥部下达了几个"确保"的指令——确保展会期间不发生恐怖袭击事件，不发生爆炸事件，不发生伤害广交会采购商和参展商的案件，不发生群死群伤等重大治安灾害事故和交通事故……

这里说的不仅仅是广交会会馆内，而是指整个广州。广州这么大，流动人口这么多，怎么可能就不出一点事？大家心里一直惴惴不安。

李世全的几个同事，刚刚来到广交会安保部门不久，都在秘书科忙着手头上的事，边忙边等着他回来，看看会带回来什么新指示。

虽然担心，但大家还是那句话：别怕，有全哥呢。

李世全就是他们的"定海神针",因为每一次,他都能带领大家克服困难,完成任务。

对于李世全而言,他所经历的每一次大型活动安保工作都有着可供借鉴和参考的经验。然而,情况总是变化的,而应对变化的经验,只能在变化中去创造、去革新、去开拓,去闯出一条新的经验,杀出一条新的路径。因而,对李世全来讲,每一次大型活动安保工作都是全新的,面对每一次新的挑战和风险,他都有如履薄冰的谨慎和严密,更有万无一失的信心和站在过去经验之上的勇气。

李世全回来了,马上和大家一起,根据会议的最新要求,再一次把安保方案认真地过一遍。

四

在李世全接手之前,多年来广交会安保模式都相对比较简单,沿用的是以上级安保部门将安保任务下达、分解给属地的流花分局和交易会附近的越秀分局的几个派出所负责的模式。但到了新世纪,情况发生了变化,传统的安保思路和方式显然需要来一场质变的飞跃。而李世全的贡献,就是在科学的"情报预判"的基础上,开启了"多警种整合,大兵团作战"的大治安、大安保模式。

具体的做法,就是以他带领的秘书科作为总协调,在3

万人的广州警队里抽调出几乎涵盖治安、刑侦、经侦、出入境、公交、警卫、消防，各分局、各派出所所有警种的骨干力量共计600多人，统一进行培训后，分配到展馆科、工作科、门卫科、交通管理科、机动队、排爆安检队、驻会武警中队等部门，统一调度，组成展馆内攻坚克难的安保团队。而在社会面上，还有3万广州警队带动的10万安保力量，他们都统属于广交会安保"一盘棋"里，具体都由广交会保卫办秘书科负责协调。

这种"航母型"的"大安保"格局是以前无法想象的。

而这艘破冰的"航母"，就这样在流花湖畔广交会馆，从李世全这里出发了。

多年以后，人们才意识到，李世全在流花湖畔交易会保卫办秘书科那间只能容下不到10个人的办公室里，带领他的安保团队向前迈出的这一小步，是新时代中国"大治安"管理模式向前迈进的一大步。

这种顺应新时期治安形势发展的"大型安保模式"，被李世全他们创建出来之后，已经成为现代社会治安管理的主流模式，沿用至今。

在广州公安档案馆里，有一份2001年李世全撰写的《关于广交会安保调研报告》，里面详细阐述了他的观点："以面保点"的安保思路。拥有千万人口，且正处于社会转型期的广州市，治安问题是一个难点。只有社会面平安了，才可能有展会期间的平安。只有广州安全了，才会有展馆内的安全。

进而，李世全在第90届广交会安保方案里，提出了构建一个"五环一线"的庞大而系统的安保防控体系。

第一环，以广州市整体社会治安稳定为基础，广州市公安局全警以赴。一方面加大社会面巡逻防控，收集掌握社情动态信息，努力获取深层次、内幕性、预警性的情报信息，组织全市各级治安部门严厉打击"黄赌毒"违法犯罪活动，净化社会治安环境；另一方面，对广交会展馆和各接待点进行全面的安全检查，同时还要加强市内各公交车主要站场及沿线的防控力度，及时消除交通隐患。

第二环，以展馆属地的越秀区分局为主，全力做好流花路展馆的安全防范工作。同时要重点打击查处炒卖票证、假证、套汇、拉客和强买强卖、敲诈勒索、诈骗、招嫖引嫖等违法犯罪活动，清理乱摆乱卖的无牌摊档。

第三环，在展馆周边设置外围警戒带，防止无关人员翻越围栏，向馆内传递物品以及靠近展馆等。

第四环，以入口安全检查为基础，防止易燃、易爆危险物品以及刀具、枪支等危险物品入馆。

第五环，在展馆内布置民警和保安员、武警，分馆分层，定岗防守，全面负责展馆内通道和展区秩序，及时提醒参展商注意安全，为客商提供安全咨询和服务。

一线，即通过专业的反扒侦查队伍，与外贸中心保卫处、属地分局侦查力量贯串一线，建立案件联动机制，打击馆内外现行违法犯罪。

直到今天，我们重新回过头去看一下这些方案，就会发现，这个以广州市区版图为基准，辐射周边的"五环一线"的防控体系，在广交会已历64个年头、130届之时，仍不失为集历届广交会安保智慧与经验之大成者。后来，虽然广交会搬了新的场馆，有了新的安保措施，但这些理念，至今仍在广交会安保体系里发挥着核心的作用。

五

在2001年第90届广交会期间，笔者作为一个驻会民警同时又是一名公安报刊记者，在进驻广交会一个多月的日日夜夜里，用镜头和足迹记录下了广州警队广交会安保人普通而不平凡、真实而感人的一幕又一幕。

"作为最了解整个广交会安保链条的人，李世全是最先进驻展馆的安保人。50多个日日夜夜的殚精竭虑、夜不能寐，在他的案头整齐地摆放着他亲笔起草、字斟句酌的《总体方案》《场馆方案》《应急方案》《酒会方案》《安检方案》《消防方案》《交通方案》以及各种分解方案、图表、图案。这些在旁人看来密如蜘蛛网般生疏难懂的图案，他早已是烂熟于心，不知看了多少遍、改了多少遍。"这是开幕式前夕，笔者采写过的有关李世全的一段文字。

有一张展馆安保工作平面图，在筹备阶段笔者在秘书科李世全的桌面上看到过草图，展会开幕前已被分解细化为六大张醒目的平面图，如一幅幅画满标记的军用地图，一格一式，一卡一哨，尽在眼前。

展馆内600多位安保警力日夜"点对点"严防死守，展馆外3万广州警察带动的社会面10万安保大军，日夜维护着广州城的平安，把一个最安全的广州呈现给广交会，呈现给中国和世界。

而这一切全在这6张作战图上，运筹帷幄，决胜千里，引领着广交会安保这艘航母一往无前。

众所周知，2001年第90届广交会，正赶上美国"9·11"恐怖袭击事件发生后不久。当时，一种恐怖的氛围笼罩全球，全世界各地大型集会活动纷纷取消或改期，而中国的广交会依然如期隆重开幕。当日，党和国家领导人出席了开幕式，整个开幕剪彩仪式，前后20分钟，秩序井然。一位多次参加广交会开（闭）幕式的"老广交"惊讶地感叹："美国总统在奥运会上的讲话才3分钟，还专门设有防护罩。而广交会却如此安全，这说明中国的社会治安良好，中国的广交会真是了不起！"

六

而让人最难忘的,还是第100届广交会开幕式上的场景。

2006年10月15日夜,美丽的珠江之畔,恢宏大气的琶洲国际会展中心广场,举世瞩目的"第100届广交会"开幕式在此隆重举行。

是夜,皓月当空,珠水辽阔;是夜,火树银花,万众欢歌;是夜,世界聚焦中国,聚焦广州。

晚上9时,随着万发烟火喷薄而出,瑰丽的羊城夜空,顿时流光溢彩,美不胜收。

从零开始,艰辛迈步,从"1"到"100",是整整半个世纪的跋涉和跨越,是整整五十载不歇的沧桑和风雨。

浩浩的中心广场上空,回荡着温家宝总理那朴素而坚定的声音:"50年来,广交会从未间断,迄今已举办100届,成为中国历史最长、规模最大、商品种类最全、到会客商最多、成交效果最好的综合性国际贸易盛会,在新中国外贸史和建设史上留下了光辉的一页,对推动中国外贸发展和对外开放发挥了十分重要的作用。"

而梦圆时刻,守护这一壮丽场景的,是会展中心广场四周羊城警队成千上万的警察。星空之下,蓝色警队挺拔的身影,成为第100届广交会开幕式上蔚为壮观的一道亮丽风景线。

为确保第100届广交会的安全,以广州警队为主导的广交会安保力量,枕戈待旦,昼夜坚守,恪尽职守,忘我工作,严格执法,热情服务,以一流的工作、一流的业绩、一流的形象,确保了展会的安全,树立了"中国第一展"的良好形象。

随着第100届广交会的背影渐行渐远,中外新老宾客将永远记住第100届广交会,记住广州,记住广州的"人民警察"。

而第100届广交会安保工作所创下的"九个最"的纪录,也将永载广交会安保工作史册。

第一,秩序最好。第100届广交会展馆内,"这是我参加过的广交会中秩序最好的一届",上海交易团负责安保工作的王家红先生是广交会的老朋友了,他这样说。

展馆外,出租车司机说:"每年广交会期间都会塞车,没想到这一届反而不那么堵塞了。"

和王先生有一样感慨的还有美国客商Jim。

10月29日上午,再过一天第100届广交会就要闭幕了,美国客商JIM满面春风来到广交会6号馆——大会保卫办展馆科的办公室,握住警察的手,一个劲道谢,还让翻译反复表达他的心意,要请这些中国警察出去喝咖啡。

原来,广交会期间,Jim不慎将腰包忘在了洗手间。当他意识到腰包遗失时,着急地一把拉着随行同伴Sam的胳膊,绝望地叫喊着。

然而，就在他们一筹莫展时，驻会的中国警察找到了他，送还他失落的腰包。Jim没有想到，不到1个小时，他装有护照、相机、现金，及许多珍贵照片和资料的腰包失而复得了。

那一天，找回腰包的Jim兴奋地在6号馆5楼来回走动着，夸张地做着各种兴奋的表情，一条街的宾客都感受到了他的快乐和可爱。

Jim告诉大家，自己在美国生活的十几年间，钱包不止一次被小偷光顾过，却从来没找回来过。这一次，是自己不小心弄丢了，没想到却被中国警察找回来了。这是Jim第一次来到中国，第一次参加广交会，他说："中国广交会真有爱，中国警察了不起。"

第二，发案最少。这一届广交会，是以往发案最少的一届。展馆内受理刑事案件15宗（其中流花路展馆4宗、琶洲展馆11宗），破获8宗。发案比上届下降近三成，破案率达53%。受理社会面涉广交会刑事案件23宗，比上届下降四成。当时受理的案件以抢夺、盗窃小件物品和诈骗案件为主，未发生重大刑事案件。

展馆内外秩序井然，治安、交通总体状况良好。

第三，标准最高。广州市公安局党委向3万广州公安民警下达了6个"确保"的目标指令——确保展会期间不发生恐怖袭击事件，不发生爆炸事件，不发生伤害广交会采购商和参展商的案件，不发生群死群伤等重大治安灾害事故和交通事故，不发生有重大政治影响的突发事件，不发生核心机密失泄事件。

第四，投入最早。鉴于广州市公安局党委6个"确保"的高要求，本届广交会安保工作的介入比往年都要早。从当年的8月开始，广州警方各部门、各警种便已经全体动员，全力以赴，全面进入了百届广交会安保工作的倒计时。

第五，警力最多。大会安保工作共投入民警、武警、保安员等保卫力量比上一届增加近一成。同时，参照历届广交会的警力需求，总体增加常驻展会警力，重点增配了反扒、刑侦、消防、警卫等专业性比较强的民警驻会，仅进驻的反扒队伍便扩充到数百人。此次广交会广州警方投入警力之多是历年来之最。

第六，措施最严。第100届广交会上采用了最严厉的安保措施。尤其是对历年来出现问题较多的证件管理问题，警方采取强硬措施，对制贩假证的违法人员，一经查实，立即依法实施拘留。这一次，共查处违反证件管理规定人员2100人次，处理使用、贩卖伪造、改造广交会证件人员300多名，查获有关的违法犯罪人员100多人。

第七，任务最重。这届广交会，国内参展企业达1万多家，参展人员达30万人，共计设立31408个展位，进馆客商累计200万人次（流花路展馆90万人次，琶洲展馆110万人次），创历史新高。共有来自212个国家和地区的192691名采购商到会，欧美采购商增长19.3%。展会期间，警方实施了广交会有史以来最严格的安全检查。严密的安检从筹展阶段对布展材料进馆装修就开始实施全程监控，一直到10月31日全部展品撤出馆外，从头到尾，贯串始终。

第八，规格最高。大会的安保工作，卓有成效地确保了广交会50年历史上规格最高、场面最大、有5000多名国内外重要嘉宾云集的庆祝大会——第100届中国出口商品交易会"百届辉煌"开幕式暨庆祝大会的绝对安全。同时，高质量地完成了"第100届广交会欢迎酒会""第100届广交会纪念座谈会"等一系列重大庆典活动的安全保卫任务，并圆满完成了23批次重要嘉宾的高规格的警卫任务。

第九，装备最好。当年，许多来宾都能感受到，走进号称"中国第一展"的广交会，每一个角落都布满高科技的触角。X光机、安全门、探测仪、车底检查仪，道道门槛如同火眼金睛，让安全隐患无所遁形。

尽管这届广交会强化了安检，但并未给来宾造成不方便，进馆通道依然通畅便捷。10月15日开幕首日10时左右，是来宾报到的第一个高峰期，来自芬兰的玩具客商Carweann小姐，从通过来宾报到处到保安验证、个人安检，到顺利进馆，前后只用了5分钟。"真方便！"Carweann愉快地向值勤的警官表达她的感谢。

为了完成第100届广交会安保任务,广州警队动用了从车载式X光检测仪、车载式频率干扰仪器,到排爆机器人、可行走的排爆物处理器等一系列无论是数量还是质量,无论在国内还是国际上都处于领先水准的仪器。另外,除广州市外,广东省公安厅协调了珠海、江门、东莞等地公安机关,派出优良的搜毒、搜爆警犬十几只,同时"亮相"流花、琶洲两个展馆,这在国内展会中尚属罕见。广交会上,随处可见的活泼敬业的警犬也是一个亮点,吸引了大批中外客商关注的镜头。

从繁华的街面到珠江水域,从壮阔的蓝天到地下铁路,从重兵整治的路面、场所、地区到畅通有序的交通,从整个广州的版图到位于越秀区的流花路和海珠区琶洲的两个广交会展馆,广州警队和他们所带领的广交会安保力量,严阵以待,确保了社会面的安全,守卫了百届广交会这一个广州现代化建设史上的重大时刻。

开幕首日,广州市的重大案件"零发案"。同时,广交会展会期间的社会治安秩序也创下了当时最好的纪录。

令人最动情的时刻,是在第100届广交会开幕前夕,安保人员跟随领导前往广交会保卫办公室检查安全保卫工作情况时,国家领导人说的一句话:"你们是广交会的无名英雄,你们是广交会最大的功臣,你们是支撑'中国第一展'的最坚强的柱石!"

广交会安保,创造了无数个安保史上的神话,也成为后来无数次大型安保活动的样本。

李世全和他的同事们,用他们的敬业和努力,一点一点地为广交会筑起了一道看不见的铜墙铁壁,同时摸索出了一条新时代大型活动的安保之路。

第五章

2008春运的冰雪危局

经历过2008年春运的人,永远都不会忘记:无尽的人群拥挤在火车站广场,凄风苦雨中,无尽地等待着。不知道什么时候前方铁路和公路才能冰雪融化,不知道什么时候才可以发车,不知道什么时候才能回到远方的家中……

广州火车站,除了在外奔波劳累了一整年,急着赶回家去过春节的人群,最多的,就是广州公安。他们日夜无法回家,每时每刻都张大着熬红的双眼,从一个现场奔赴另一个现场。

哪里最紧急,哪里最危险,他们就在哪里。

每到中国传统的"年关","有钱没钱,回家过年"的传统习俗,在中国大地上引发了返乡人流、民工潮,蔚为壮观。这就是被外媒称为"人口大迁徙奇观"的中国春运。

春运安保,是改革开放几十年来,一直都存在的大难题。

春运安保难,而这些年的春运安保中,最难的,还是在2008年的早春。

一

早在"流花之治"期间,李世全就在构思着广州火车站春运的安保问题。

从20世纪80年代开始,每年春运都是对广州公安的安全大考。在那个年代,春运早已不再是交通安全的问题,它体现着一个城市治理、管理和服务的水平,关系着党和政府的形象，关系着民心向背。

这是一个前所未有的社会公共安全问题。这一切，都在李世全心中牢牢地扎了根。

李世全的徒弟赵博回忆，当时的广州治安秩序很复杂，特别是春运主战场的广州火车站地区，从买票开始，春运就进入了紧急状态。当年，春运火车票还是现场购买的方式，大量旅客集中在售票点买票，购票人群的队伍一直延伸到大北立交，高峰时排队人数达到3万人以上。因为运力有限，一些群众买不到火车票，也曾导致出现人群情绪激动堵马路的情况。

1998年春运期间，湖南、江西连降大雪，广州北上列车交通受阻，火车站一带滞留了20万旅客，随时会发生因各种原因造成的挤踩伤人等事故。

时任广州市公安局治安处秘书科侦查员的李世全，受命迅速协调调度巡警、交警等各警种全力处置。从当年1月23日起，李世全跟随广州公安巡警支队奔赴现场，出动警力600多人次维护现场秩序。

当时，参战民警每天每班持续工作十多个小时，历经三天三夜的坚守，避免了重大安全事故的发生。

也就是从这一次春运开始，李世全对广州火车站地区到底能承受多少滞留旅客的治安极限问题，开始有了深深的忧患。他那连睡觉都在思考的头脑里，一直在勾画着春运安保方案的应急预案。

这是他的使命，也是他的责任。

2003年年底，春运安保工作正式移交给治安支队统筹，李世全再一次被推到了风口浪尖。

接到组建广州市公安局"春运办"的任务后，李世全和同事们一道，在春运开始前3个月就拿出了一套《广州火车站春运安保方案及应急预案》，这套让主管领导边看边点头的方案，其实在李世全的头脑里酝酿已久。

也就是从这一时期，广州火车站的春运安保，建立起了历时100多天全程无休的"广州春运安保模式"，一直延续至今。

全国人民过年，广州春运的安保人员们"过关"。

年复一年，有惊无险，这套方案让李世全和战友们护卫着回家过年的春运人流，安然地度过一年又一年。

怎么也没想到，正当李世全们对正在不断完善中的春运方案充满信心之时，2008年春节前，一场更大的考验正悄悄向他们袭来。

这就是后来被时任广州市委书记朱小丹称之为"大危局"，被安保专家们认为是"共和国安保史上前所未有的公共安全危机"，被媒体称为"史上最难春运"的"2008年广州非常春运"。

二

2008年的早春,一场百年不遇的特大冰雪灾害,造成铁路、公路、航空运输持续严重受阻。

其实对于生活在广州的市民来说,并没有太大的感受。正是春节前最热闹的时候,广州人除了觉得今年比往年要冷一点之外,并没有感觉到冰雪带来的危险。所以,当春节快要来临之时,准备回家的外来人,纷纷扛着行李,拖家带口地奔向广州火车站。

1月26日至2月5日,从四面八方拥向火车站的人流,巅峰时以每小时10万计的增幅滚雪球一样聚集,仅广州火车站已购车票的滞留旅客就达200万之多,仅站前广场0.5平方公里的弹丸之地,单日聚集旅客最高峰时达40多万,远超该地区安全容量极限。

而前方,因为暴风雪和冰灾,铁路、公路全部被封,所有的火车、长途汽车都发不出去。

买了票的旅客不相信:我有票,为什么上不了火车?火车为什么不准时发车?于是,广州火车站,人越聚越多,危险近在咫尺。

"千万不能发生踩踏事件,否则后果不堪设想。"多年的春运经验,让李世全的心中充满担忧。

天气越来越冷,广州火车站黑压压的广场上,缓缓蠕动的人群,每平方米竟叠压着八九个旅客和他们沉重的箱包,密不透风的人海里,没有拔脚的空隙,几乎是前脚抬起,后脚就没法沾地。

建于20世纪60年代的广州火车站,陈旧的公共设施的承受力到了极限。单说超过40万人每天要上厕所怎么办?市政府紧急调集了200辆大巴,将滞留旅客疏散到附近的广交会展馆,不到半个小时,广交会整栋大楼所有能打开的厕所都爆满,化粪池的脏水流到街面。

在苦难中熬煎的人们,身心的承受力也到了极限。

他们在寒风冷雨中,瑟缩着、哆嗦着、饥饿着、焦虑着,脸发白,牙打战,苦苦地盼。但是他们不想退回去,虽然广播一遍遍地希望他们暂时离开火车站广场,但是回家过春节的热望支撑着他们。他们害怕自己一旦离去,前方通车之后,就赶不上回家的火车了。

火车站广场的急救站里,横七竖八挤满了老人、孩子、孕妇和婴儿。

襁褓中的婴儿带着奶味的喑哑的哭声,在寒夜里,针尖一样扎在人心上。如花妙龄的大姑娘,光天化日下居然可以不管不顾拉下裤头就地小便,周边陌生的人们也可以视若无睹。

在这里聚集的,绝大多数都是珠三角地区准备回家过年的农民工兄弟，是他们用辛劳的双手和血汗创造了珠三角的繁荣，如今他们鼓鼓囊囊的行装里，虽然钱财并不多，但或许已经足以回乡向乡亲父老证明自己。

然而，一年的辛苦，一年的期盼，在此刻无法回归的广场上，转化成了悲伤和怨气。又冷又饿的夜，让他们的承受力达到了极限。

人群开始躁动，哭的，喊的，骂娘的，吵闹着要冲进火车站大厅的……

这一切，透过指挥部高清的视频，时任治安支队一大队大队长的李世全和战友们全部看在眼里。

他们知道，这种集体无意识的忍耐是有极限的，超越极限就意味着失控，就有可能发生冲动、暴力、骚乱、疯狂和人群踩踏的灾难。然而，极限在不可逆转地一点一点地临近着，人群中哪怕是一声尖叫，一声怒吼，一丝风吹草动，都可能成为第一张可怕的"多米诺骨牌"。换句话说，整个广州火车站广场就像一个吹胀到了极点的巨型气球，随时都会因哪一个角落的一点小骚动而引爆，造成不可估量的后果。

李世全的焦虑也在分分秒秒地累积着。

他已经不记得有多少天没回过家，不记得上一顿饭是什么时候吃的。情况最危急的时刻，他日夜驻留在火车站附近，像救火队一样来回奔跑着。实在困得受不了，就在附近的保安亭里打个盹,睁开眼又冲出去。

危险一直此起彼伏,执勤民警一次次筑起人墙和铁马,又一次次被排山倒海的人浪撕裂冲开。第一批执勤民警在猝不及防的情况下,陷入了"弹尽粮绝"的无助和恐慌中。但他们没有后退,没有逃避,他们一个个咬紧牙关,被推开又冲上去,苦苦地坚守着岗位,等待援兵的到来……

广州火车站的危情,牵动着中南海。

"大家回家的心情都很急切,你们的心情我完全理解……我们把组织工作做好,争取让大家早一点回到家里,和家人团聚。"1月30日上午,时任中共中央政治局常委、国务院总理温家宝来到广州火车站,对滞留旅客深情地说了一席话。

温总理亲自指示,要尽快打通南北通道,妥善安置火车站一带滞留的旅客。

总理的话,让堵在年关回家路上的一个个普通老百姓冰冷的心温暖起来。

关键时刻,坐镇广州火车站的公安部领导,果断地做出了成立联合指挥部的决定。组织了一个共和国安保历史上不曾有过的由公安、军队、武警、边防、民兵预备役等共计9个兵警种,40个单位组成的"联合兵团"。

三

从1月31日到2月2日这三天，每一分每一秒，都是可以载入广州警队史册的。每一分每一秒，都是命悬一线、惊心动魄的。

1月31日，随着北上列车运力逐步恢复的消息传开，好不容易安抚下来的人海，又开始波浪滔天地骚动起来。在每一个通向火车站的路口，执勤的军警们都遭遇了前所未有的冲击。千军万马挤"独木桥"，凶险在指挥部的每个屏幕上演。

现场一个个一米八高、铆死在地下的铁马被冲动的人群连根拔起，高密度拥挤的人流被媒体称为"全球之最"。最高危的时候，平均每一分钟，都会有一个从旅客的头顶通过军警的手臂传递出来的晕倒的人。

31日傍晚，广州火车站东边民航售票处对面的高架桥下，一名妇女因为挤不进火车站广场，竟然爬上了高架桥，试图从高架桥上攀越过去，走捷径进入广场。结果不慎从三四层楼高的高架桥上摔了下去。等警察跑过去救援时，该名女旅客已经倒在血泊中，昏迷过去。警察们急忙跑去广场的医疗服务站找医生，一个女医生跟着警察跑出来。可是没想到，柔弱的女医生虽然几次奋力想挤进去，但是都失败了。关键时刻，只见几个高大健壮的警察，抡圆了胳膊，把女医生举过头顶上，十几个警察一路传递，把她举到了高架桥下。

女医生给伤者做了简单的处理，大声告诉警察们："不能搬，要平躺着抬走。"

可哪里有担架？警察们四下打量，急中生智，就地捡起一个刚被人浪冲倒变形的铁马，几名警察纷纷脱下带着体温、冒着热气的外套，铺上去，顷刻间做成了一台简易担架，把妇女抬到1公里外的警车上，送往医院。

2008年2月1日，作为采访记者，笔者来到了流花大楼8楼的春运指挥部里。

这一天，后来被人们称为"流花春运历史上最漫长的一天"。

指挥部里充斥着令人窒息的紧张气息，进进出出的人一个个神色凝重、风风火火。密闭的视频监控室，气氛凝重得让人窒息，同时还有一种很不好闻的味道。那天，笔者在这里见到了彭国安、龚文武等人，他们每天只能囫囵躺下两三个小时，几天几夜不洗澡，不刷牙，头发油油的，眼睛通红。

晨昏颠倒、紧张忙碌是指战员持续了多日的常态，怪不得里面的空气如此混浊。和他们说话，他们的声音是嘶哑的，有的已经发不出声音了。

"26日以前，只是觉得今年的人流来得好早，但没想到会是这么严峻的局面。26日开始，真正经历了百年一遇的天灾了。这几天下来，参加春运的每一个人都在经受着折磨。除了体力的透支，还有心理上的巨大压力。这种考验跟过去不同，过去可能一天有一两次紧急状况，这几天是每时每刻都在重复着最危险的状况。每天能用的人都用完了，上去的兵都撤不下来，力气都用光了。可是下一个危机又涌上来的时候，我们真的感到非常非常可怕。但是我们一关一关都挺过来了，只是这种状况不知道还要持续几天。"一个参加过多次春运的老公安焦虑地说。

正在这时，李世全回来了。

他披一身雨水冲进来，板寸头被雨水分割得一丘一壑，身上的多功能制服后面的帽子被扯破了，膝盖以下裤腿全是泥浆，鞋也裂口了。

他一进来，大家都看着他，他一开口，就流泪了："太危险了，太可怕了……"

这是笔者第一次看到李世全当众流泪。他带回来一个最坏的消息：果真出事了。

这是广州春运安保人心中一直挥之不去的"李红霞事件"。

只有17岁的打工妹李红霞，是湖北监利人。原本听了宣传后，已经在1月29日退了火车票，决定留在广州过年。但31

日时，听说铁路通了，就又产生了强烈的回家愿望。于是从同乡手中买了2月1日晚上8点的火车票。

李红霞赶到火车站周边地区后，同行的8个老乡被挤散了，李红霞一个人被挤到广场外围的省汽车站一带。

2月1日晚7时，挤在人流中的李红霞还给父母打电话："等我挤上火车，再给你们电话。"到了晚上9时，省汽车站的人潮突然涌动起来，李红霞茫然地被人流裹挟着朝火车站方向挤，突然她被身边旅客的行李绊了一下，一个趔趄摔倒了。

在这个时候跌倒是非常可怕的，周围的人根本不知道脚下有人，疯狂的脚步迅即将李红霞掩埋在人海里。

省汽车站一带，是李世全的一大队负责的安保点。当时，李世全带着五六个公安、武警战士奋力冲上前去，"强排式"插入救援，顶着密不透风的脚步，终于挤进人群，好不容易从人海里将李红霞救了出来。可是此刻，她的耳朵、眼睛里全是血，紧紧地抿着嘴唇。李红霞被送进医院后，经抢救无效死亡。

17岁的打工妹李红霞就这样不幸成为2008年广州春运中永远无法返程的旅客。

而强排救援的瞬间，李世全本人也被刀片一样锋利的人流冲倒跪地，如果不是旁边的武警战士手脚麻利死死扯住他，后果真的很难想象。

四

2008年春运,是时年40岁的李世全职业生涯中最难忘的一个坎。

作为老春运、老安保,这一次广州火车站春运的突发状况,已经超出了他18年来殚精竭虑、苦心积累起来的所有安保智慧、经验的总和。

然而他们并没有乱了阵脚,迅速做出了新的判断和决策,提出了在"人的生命高于一切"前提下,不惜一切代价迅速调整管控措施的总体思路。

李世全向上级提议:只要在最短时间里把滞留旅客有序割裂,分成一个又一个比较小的方阵,将这个"天字号"的大危局迅速分割成一个又一个的"小方块",大险化小,小险化了,各个击破,用"空间换取时间","一切为生命让路",这场前所未有的公共安全危机就得以化解。

春运之所以困难,是因为它是在短时间内发生的一场大规模的迁移。只要前方的冰雪过去,铁路通车,人群便会渐渐疏通。就算冰雪灾一直不能过去,只要他们坚持到大年初一之后,回家的人群也会放弃在这里等待,安心地留在当地过年,那么这场危机也就算挺过去了。

所以,以空间换时间,是非常重要的一个思路。

李世全他们提供的这一套战略战术，当时就被朱小丹书记总结概括为16个字："科学划线，分区安置，有序疏导，控制外围"。

　　到此时为止，已经整整11天。11个不眠不休的昼夜，成为李世全安保生涯里最漫长的11天。

　　每一天，每一秒，情况瞬息万变。滞留的旅客不知什么时候就会突然增加，增援的安保力量也不间断地出现在赶来的路上。

　　在这11天里，广州4万安保大军、累计45万人次警力的勤务安排，每一个不眠不休的指战员，都在拼尽身上最后一点气力，只为保住火车站附近千千万万个"红霞"。

　　那些日子的李世全，总在争分夺秒地伏在作战地图上不停地圈画、标注，划分区域方块，测算人数，就是为了抢在增援警力到达前，把当日的人流疏导方案分批次明确下来，点对点地把警力派下去。

　　晨昏颠倒之间，没有人记得是第几天的几时几刻，大家只是突然听到一声异常的响动，抬头一看，李世全突然晕倒，从刚刚想离开的沙发上滚到冰冷的地板上。

　　而他的电脑桌面上，增援警力分配方案的最后一个字刚刚写完。那一刻，刚一起身，李世全连续熬了几个通宵的身体，一下子便不听使唤，身子刚离开沙发，便整个栽倒了下去。

战友们把他扶到沙发上,掐他的人中,拼命地喊。他脸色苍白,双目紧闭,什么也听不见。战友们心急如焚,正准备送他去医院,这时对讲机里传出"中广场告急"的呼叫声,只见李世全猛地惊醒过来,睁开眼,奇迹般地站起来。旁边的人急问要不要马上去医院,他推开扶他的人,抓起对讲机,就和战友们冲到现场去了。

五

李卫加退休前的许多年,都在广州市公安局越秀分局工作,参加过一次又一次的春运安保。可是直到今天,一说起2008年那场史无前例的春运,他笑盈盈的脸马上变得严肃起来。

"那真是一场硬仗。"李卫加陷入了回忆,"一想起当时的情景,就会感到全身的神经又绷得紧紧的。"

当时,李卫加他们驻守的是火车站东广场。满广场的人挤得密不透风,危险随处可见。每一个公安指战员,都是熬红了双眼,浑身又是汗又是泥。可是,这一切,与火车站民众的生命比起来,显得微不足道。

"人群静止的时候还稍稍好一点,因为大家都不动,虽然疲惫、困乏,但是至少没有生命危险。"李卫加说,"最紧张的是到了后来,前方开始通车,广州火车站广场要开始放人。放人必须一点一点地放，可是大家都想挤到前面去，后面的拼命往前挤，一不小心，就会有人跌倒，后面的人不知道前面有人跌倒，还在往前挤，很容易发生踩踏。"

一队又一队的公安民警、解放军战士、武警部队等源源不断地赶来增援了。最后，连女警们也赶到现场。大家都知道女警在这个需要拼体力和冲撞力的时候，比男警们更容易遭遇危险，可是，负责派员的人说："后方实在没人了，所有能上的全都上来了。"

公安和武警、解放军们开始筑起一道道人墙，战士们手拉着手，一层一层地穿插进火车站广场的人流中，尽最大的力量，用自己的身躯挡住后面汹涌而至的人流，护卫民众的安全。

人浪，一波又一波。防护，也是一层又一层。前方又开始放人，后面的人开始往前挤。

公安除了作为人墙奋力抵挡着人流之外，还将几个身强力壮的小伙子组成一支支特别小分队，专门用来应对紧急状况，解救危险群众。

"当时，我们派了几个年轻机警的公安，站到台阶的高处，拿着哨子和小旗子。他们紧张地注视着广场每一个角落的情况，一旦发现有地方特别危险或者有人跌倒，马上一边拼命吹哨报警，一边用手中的小旗向着危险的方向指去。在此地区附近作为人墙的指战员们一看到报警，马上奋力冲过去，尽量拦截后面拥上来的人流，护卫住跌倒或被挤伤的人。而特别小分队就会拼命冲进人流，把受伤或跌倒的人救出重围。

就这样，一点一点地放，一分一秒地坚持，他们终于打赢了这场大仗。

多年之后，笔者又一次和当年"2008春运"的民警们聊起那些紧急状况时，龚文武说出了一个埋藏在心中的他和李世全之间的"秘密"。

历年春运的"洪峰"最多3天就过，但是2008年春运的高峰，整整持续了11天。11天里，龚文武是对接总指挥部的秘书，寸步不离指挥部。而李世全在指挥部和现场之间来回跑，身上的火药味更浓烈。

就在李世全晕倒又醒过来之后，一部分增援的警力已经提前赶到，但对于这些警力如何使用，上面还没有明确的指示。大家不约而同地把目光转向了李世全，想看看他这个参加春运多年的人有什么办法。

龚文武记得那是一天凌晨，他拿着一份刚刚从打印机里打出来的安保方案，这是李世全和大伙根据前一天的险情调整后的安保方案。龚文武当时很犹豫，这个方案刚刚做出来，还没交给领导过目，现在是马上使用呢，还是按程序往上报？如果不马上使用，火车站广场的危机就解不了，可如果不按程序报批，万一出了问题，谁来负这个责呢？

李世全一把从龚文武手里扯过还在发烫的方案：来不及了，就这么干。

李世全冲出去了，方案在报上级领导的同时，他已经开始重新布置警力。一刻也没有耽搁地带领着前方战士，突出重围，绝地反击。

"堵住所有进入广场的路口！""广场内一定要控制住！""外堵内疏！""前方少量多批放行！""后方分流引导！"

特别是，最后这一招"尾部放人"，总指挥部在监控视频里，看得很真切：广场上，茫然无助的人流被李世全带领的一队武警指引着缓缓前行到一个指定的区域，然后按照"前方少量多批次放行"的方案慢慢放行。而排在后面的人群更加焦急地开始躁动，他们的声音里充满了绝望，因为不知道什么时候才能轮到自己。而就在这时，奇迹发生了，在他们的身后突然又增多了一道闸门，从后方放行。

这是李世全他们在前线临时搞出来的方案中的一条——"后方分流引导"。

根据多年的安保经验，李世全非常了解，人群聚集到一定的时候，如果只有一个出口，很容易出事。而从尾部分流，常常可以出奇制胜、立竿见影。

天下大事，必作于细。就是从这些细节入手，广州火车站广场开始破冰。原本是铁板一块的广场人群开始出现松动，渐渐分流。

其时，4万安保大军与40万滞留人群的"大对峙"，用一个参战军队将军的话来讲，"这简直是一个淮海战役规模的大决战啊"。

正是因为前方有像李世全这样既能谋全局又能现场指挥的一线指战员，他们表现出的对现场足够强势的控制力，才让总指挥部迅速下达了最后大决战的命令。

考验这个共和国安保史上不曾有过的临时集结的"混合兵团"的战斗力的最严峻的时刻来到了。

一系列大气魄、大智慧的管控措施随即出台，如电光石火，迅速扭转战局。

科学划区出台！网格管控出台！分区安置出台！分段截流出台！分批放行出台！交通管制出台！

…………

一幕又一幕，总指挥部的高清视频上，清晰可见。

"快！脱衣服！"但见一线指挥员一声令下，民警迅速摘下帽子和对讲机，脱掉保暖的大衣，手挽手，奋勇向前，一下子便将汹涌而来的人流挡住了。

此刻，偌大的火车站广场上，上万名公安民警、解放军和武警官兵，如一道钢铁洪流，迅速穿插于高密度的人海中，以精确的分隔战术，顷刻间筑起道道人墙，将旅客分批次地阻隔、包裹在一个个相对较小的方阵中。

每一次"开闸"放人，都是一次洪峰的冲击。旅客们人人都想冲上前去，但守"闸"口的将士却必须将他们一批批地阻挡住。如何做到绝对安全，如何保证旅客在放行的瞬间保持有序进场，如何保证旅客在前进过程不发生互相踩踏，如何保证在放行一定数量的人流后能够及时封闭闸口……这一个又一个难题，考验着现场每一名指挥员和参战军警。

这是2008年2月1日这一天，在广州火车站西广场一个闸口的情景——

当阻隔人群的最后一个铁马移开时，人流在民警声嘶力竭的劝阻声中仍然狂奔不止。

面对疯狂如潮涌的人流，负责疏导的民警紧绷着所有神经，奔跑着指引客流快速离开疏散通道，避免随时都会发生的群死群伤的踩踏悲剧。

负责救人和清除通道障碍的民警，目光紧锁着潮起潮落的人群。他们被称为"捞人敢死队"。也就是说，一旦有人跌倒，他们就是不折不扣的"人肉沙包"，任凭雨点一样密集的脚步踏在身上，也要冲进去，把人救出。

负责守卫闸口的民警手挽着手、肩并着肩，用血肉之躯筑起了里外八层的人墙，阻挡并缓冲了前进人群大力的冲撞，控制着出口处的人流量。他们还要随时警惕着，在接到封闭出口的命令时，马上将自己疲惫的身躯变成坚固的铁马，变成重重防线，全力阻挡住一直往前冲的人流。

这样的情形在广州火车站的东广场和中广场的闸口同时发生着,空气中没有硝烟,但这是一场不折不扣的战斗。作战中的军警指战员们,都分明感受到了比火药味还浓烈的战斗气息。

　　洪流中冲刷出来的是一群极其虚弱的旅客,他们多数都已经在这里滞留了几十个小时,最长的有滞留达三天三夜的。他们就像一根根风雨中飘零的稻草,一碰即倒。但他们回家的意念却十分顽强,随时都在关注着开闸的信息。只要听到哪里有一丝风吹草动,马上奋不顾身地往前冲。而在这种情况下,人就特别容易摔倒,要保卫他们的安全,就要不断提醒他们注意身边的情况,千万不要被挤倒。

　　每次开闸前,指挥员都要在大喇叭里高声呐喊,呼唤大家注意,让旅客们在精神上先"苏醒"过来。进闸前,有孩子和行李的先传递出来,有要晕倒的,先递一点姜糖水补充体力。而每一次"泄洪",总有将士们手挽着手,肩并着肩,为洪流中的人们开辟生命的航道。每有旅客回头或弯腰或滑倒,总会有军警第一时间冲上去实施"强排式"救援,迅速将其架开。每有旅客行李掉地,也会有警觉的民警飞身上前,拦住后面拥上来的人流,让掉了行李的旅客可以弯腰抓起自己的行囊。

　　这一场又一场的激战,无一不挑战着指战员们意志和体能的极限。最高峰的时候,东广场一个卡点,一个指挥员,一天磨破了三双皮手套，踢坏了两双鞋。而每天每个路口平安地送走了一拨又一拨旅客之后，总有受伤的民警被抬出来。他们之中，有用身体掩护摔倒群众、自己的腿却被踩踏成骨折的特警；有为了抢救倒地的孩子，自己却被旅客行李包撞得头破血流的女警；有一位老民警，月底就要退休了，依然毫不犹豫地冲上前线，不幸被冲倒的铁马轧伤了腿，血流不止……

就这样，坚持，再坚持。2月2日晚，汹涌的人流终于渐渐有序地流动起来，火车站广场上的人群渐渐减少，一切都变得有序起来。

2月3日，这一天，被称为2008春运安保大决战的"转折点"。紧张的局面开始缓解，滞留的旅客由40多万人的峰值逐步下降，至2月5日降至10多万人。

硝烟散去，李世全却一刻也没顾得上休息。他对战友们说，这次春运的经验和教训，还有他们在这一次大实战中摸爬滚打出来的战术，必须马上归纳和总结出来。这将成为广州春运安保工作的宝贵财富和治安管理领域的新课题。

从网格管控、分段截流、钟摆式疏导、"S"形行进、外围管制，到箭形穿插、分片切割、逐批疏导，再到渐进式引导放流、多层人墙保护、逐级缓慢推进等战术，这些后来被称为"广州春运安保八大战术"的举措，都是在2008年冰雪春运的激战中，经过现场检验过的法宝。

之后，广州公安的"春运八大战术"，作为应对公共安全危机的典范,进入到国家有关部门的视线,让许多大型群体安保工作有了范本。这是以李世全为代表的新一代广州公安春运安保人,留给广州,留给历史的杰出贡献。

就这样,经过11天昼夜不息的奋战,以广州警队为主导的4万安保大军,终于打完了这一场"2008广州春运保卫战"。他们从开始以5000人为一个"网格",一网一网地"打捞",一直把危难中的旅客"打捞"到军警"人墙"构筑的"安全岛"上来。同时,他们以每班24小时的坚守,每天以20万人以上的护送、疏导量,奇迹般地"搬空"了全球瞩目的广州火车站广场上数百万滞留人群。

一个又一个惊心动魄的关头,在公安民警们奋不顾身的忠诚和英勇之下,那最让人担心的群死群伤的踩踏事件,终于没有发生。

六

2008年2月4日,农历腊月二十八。

从春运战场上一瘸一拐撤下来的李世全,没顾得上回家喘口气,便直接去了广州市越秀区西湖路花市。此时此刻,需要回家的外地人大部分已经踏上了路途。而广州大街小巷,一年一度的"迎春花市",又迎来了安保人员的身影。

百年商都,张灯结彩。因为冰雪灾害,广州开始诚心诚意地留住那些为她的建设尽心出力的外地人。

"留下来过年吧，广州也是您的家"，这是2008年春节来临前，羊城街头最温馨的话语和祝福。

也因为如此，这一年的花市上，明显地增多了好些成群结队的年轻人的笑脸。

除夕夜里，西湖路花市上人流达数十万。果真，又创一个历史新高。听到这个消息，刚刚经历了春运安保的公安战士们，心头不禁习惯性地"紧"了一下。

李世全带着他的战友们，一刻也没有停地穿行在各个花市的人流中，疏导人流，保护民众，恢复秩序。

在突发的严重公共安全危机面前，一个安保人的指挥决断和想象力到底能走多远？这是走在西湖路花市上的李世全还在思考的问题。

2008年春运安保遭遇的危机，在他看来，就如同一面雪亮的镜子，在折射出无数亮点的同时，也让人看清了光亮深处的黑点。

除夕刚过，花市上的人群渐渐散去之后，李世全一瘸一拐地走回与西湖路花市一墙之隔的广州市公安局花市指挥部。当晚，他没有马上回家，而是在办公室铺开了指挥图，开始重新修改广州公安春运安保方案。

一切都已经过去，一切，也将重新开始。

第六章

1698个亚运安保方案

2010年11月12日，第16届亚运会在广州海心沙拉开了序幕。

那一夜的广州，烟花盛放，星河璀璨，海心沙亚运开幕式主会场各路英豪和体育健儿们齐聚一堂，载歌载舞。

十里珠江流光溢彩，一队队游船满载着各国运动员驶向海心沙。广州向世界打开了一扇最绚丽的窗口，展示了她最美丽的风华。

那一夜，世界通过亚运会看到了广州，看到了她的强盛，她的热情和她的新高度。

无与伦比。这是萨马兰奇给广州亚运会开幕式的评价，也是世界给予广州的评价。

可是，有谁注意到，那一个璀璨之夜的背后，广州近3万的人民警察和他们所带领的无数的安保人员，正聚精会神、不舍昼夜地护卫着亚运会的安全。而他们当中，又不知有多少人为了这一刻，度过了多少个不眠之夜。

亚运会开幕式，当烟火腾空，华章落幕的那一刻，站在舞台一侧的总导演陈维亚，在这最值得自豪和骄傲的瞬间，并没有走向舞台中央接受掌声和鲜花，而是转过身来，郑重地向负责安全守卫的广州特警致意："没有你们，就没有今夜。"

一

而李世全，在这一刻，并没有感到松一口气的轻松。

这一天，从一大早开始，李世全便不断地检查着晚上开幕式的各项安保措施有没有到位——

海心沙所有区域安保检查已完成。

周边地区治安管理已全部到位。

所有通道交通管控已到位。

珠江水域安全管控已到位。

空中安全管控已到位。

....

可是李世全心中紧绷着的那根弦一点也没敢放松，他一直在第一线奔忙着，不断地对大家说："我们一定要做到万无一失，必须要做到万无一失。"

在此之前，李世全和大家经过多次商讨之后，已经划出了一道道安保红线。一般来说，安保线划在哪里，群众就会在附近聚集。红线划在何处，每一处布置多少警力，是对安保人员最大的考验。安保红线的每一个路口，都是牵一发而动全身的节点。哪一个路口出现一点纰漏，都会造成整个外围超过20公里防线的动荡。

举个例子，如果黄埔大道上哪一个卡点的交通疏导出现问题，发生堵塞，马上就会引发整个黄埔大道的拥堵，接着会令东风路发生堵塞，整个广州的交通很快便会陷入大塞车的局面。当晚许多嘉宾从住处到会场的时间就无法掌控。如果有重要嘉宾因为堵车无法准时赶到会场，这个麻烦就大了。

人流也必须在划线的考虑之内。指挥部一开始最担心的是五羊新城和广州大道的交汇口，那里的公交车非常多，一辆辆车上下来的民众，很快便会拥到广州大桥附近。他们在那里设置了一道红线，加派了警力。

当天下午5时之后，手持开幕式入场券的市民开始按原计划有秩序地入场，一切安保措施都在按原定方案规范地进行着。全广州负责亚运会安保工作的民警、辅警和保安们都已经进入到紧张而有序的工作状态中。

一个意料之外的插曲突然出现了。

广州市民对亚运会开幕式怀抱了太大的热情，虽然之前已经有过多次彩排，也有不少市民进场观看了彩排，但对开幕式的热情还是让他们不断地向海心沙周边聚集。

就算没有入场券，市民们也都希望在离开幕式最近的地方与广州共享这一刻的荣耀。而且，因为开幕式最后有烟花表演，这就更加吸引了众多想看烟花的市民，就算是远远地看一眼烟花盛放也是好的。

离海心沙最近也是视觉最好的地方，无疑是广州大桥。这里很早就开始聚集越来越多的群众。市民们的热情之高，人数之众，超出了安保方案的预计。

虽然在广州大桥附近的公共汽车站已经划出了一道又一道红线，挡住了部分人流向广州大桥流动。但此刻，地铁五羊邨站、杨箕站一下子井喷般涌出了大量人流，人们兴致勃勃地开始向广州大桥行进。其中不光有广州的市民，也有许多从东莞、佛山、深圳等地专程赶来广州看烟花的民众。

虽然附近的民警一再劝说大家尽快离去，不要造成交通拥堵，但群众依然越集越多。有许多热情高涨的市民不顾在场民警的劝阻，翻过围栏，爬上灯架，根本不在乎危险。民警们不得不立刻采取局部断电的方式，再派人上去把他们接到地面，以免发生意外。

此时，开幕式已经开始，大量的市民仍然滞留在桥上，桥两端的民众还是不断向桥上拥，马上就要超出驻守桥面的警力所能控制的范围。

李世全在接到现场报告之后，心里忍不住"咯噔"一下，整个人都紧张起来。

他心里十分明白，此时此刻，广州大桥四周就是去往亚运会开幕式主会场的重要行进路线，多国元首和亚组委的官员的车在开幕式结束后都要通过这里返回驻地。大量的人员滞留不但会造成附近各条道路的交通堵塞，同时更会给沿途的安保工作带来太多不确定的因素。

还有，如果太多民众聚集在桥上，桥上的安全也会难以控制。从现在到开幕式结束时的烟火晚会还有几个小时，这么长时间人流的聚集，会发生什么状况谁也预料不到。

接报时，李世全正在市公安局亚运综合总指挥部值守。根据任务分工，开幕式安保区以外的突发情况都由综合总指挥部负责处置。作为指挥员的李世全，此时眼睛一刻不停地紧盯着屏幕，看着屏幕上越来越多的人流，那图像就如一座大山压在他肩上，越来越重。

他已经发出多条指令，指挥前方警力迅速疏散人群：让桥上的人员流动起来，不要积聚，不要滞留。

这一刻，紧盯着亚运安保的并不仅仅是李世全一人。在李世全紧张地指挥警力疏导人流的同时，前线安保指挥部也传来了市公安局领导的指令：立即采取措施，有序疏导滞留群众，尽快恢复现场秩序。

而现场报告说，围观群众超出预计，越来越多，现场警力不足，急需增派警力。

情况紧急，李世全脸上虽然严肃，但还是镇定的。他沉着地回想着每一个应急处置预案，他知道在亚运会开幕式的安保方案中，还有一批机动的备勤力量，就是为各种临时紧急情况而准备的。他立即向局领导提出紧急情况处置建议：马上调动机动警力赶赴现场增援。

没想到的是，由于任务单位为了在开幕式前有效隔离人员流动，已经将集中的备勤力量化整为零，散开在安保区沿线了，想一时紧急集结根本来不及。

这个情况又是一个始料未及，瞬间，李世全面临着无兵可用的状态。

指挥部里，有的同志的声音已经开始有点颤抖了："这可怎么办呢？"

多年的大型安保工作的历练，多年的现场指挥经验，让李世全养成了越是紧急关头越能稳定情绪、同时迅速做出判断的良好心理素质。

此刻，他一边注视着大屏中的现场局面，一边在脑海中快速地打开了搜索引擎，电光石火，他想起那林林总总的安保方案中，有一份预案中提到，在距离广州大桥不远的安保区内，还有一支特别留守的机动小分队。这是为了应对开幕式当晚会场内的突发状况的，虽然人数不多，但只要合理分配，可以派上用场。

刻不容缓，他马上向局领导做了汇报，请求临时调动这一支机动小分队前往广州大桥附近增援。

特殊事件特殊处理，上级领导立即批准了他的请求。

李世全马上下达命令，让这支小分队尽快赶到现场，合理配合原有警力，采取紧急措施对广州大桥上的滞留群众进行疏导。机动小分队很快便到达现场，与广州大桥附近的原有民警形成合力。

在他们不断地疏导和指挥下，桥上的民众开始流动，人群开始走下桥面。

与此同时，在附近警力的共同努力下，桥两边不断拥上桥面的群众也逐渐减少。过了没多久，广州大桥的压力缓解下来，聚集群众得到有效疏散，一切变得有序起来。

警报解除！

压在胸口的大石一点点挪开，指挥部里，能听到一个又一个人长长舒出一口气的声音。

"当时我真是觉得两腿发软，"同在指挥部的李世全的一位同事事后回忆说，"如果不是看到李世全还很镇定，我真是紧张死了。当时李世全的脸上,没有任何紧张的表情,他给我们大家吃了一颗定心丸。"

其实李世全内心又何尝不紧张啊。11月的广州,已是深秋,寒意带着冷风,在亚运会开幕式的夜晚吹拂着广州。等到大家暗暗地松了一口气之后,同事们才发现,仅仅穿了一件衬衫的李世全,背后已经是湿濡濡的一片汗渍。

李世全看了一眼表,开始布置下一步的安保任务:"我们马上再去对接一下开幕式结束后各路人马离开的线路,大家分头再进行一次全面检查,确保线路的安全和顺畅。2万多观众的离场路线,也要确保通畅。"

夜,渐渐深了。

烟花盛放中,广州亚运会开幕式圆满结束。各国首脑和亚组委官员、各国运动员和前来参加开幕式的群众纷纷离场,返回驻地休息。

李世全办公室的灯彻夜未熄。他加了一件外套,又回到办公桌前开始工作。

开幕式,仅仅是亚运会的一个开始。

二

李世全受命亚运安保的时候,离2010年广州亚运会,只剩下不到两年的时间。李世全不但要组建亚运安保的各大小系统,协调亚运安保的机构和人员配置,还要尽快做出大大小小各层级的安保方案并将方案向上级领导和专家组报批。

揭伟是在2009年春节过后抽调到亚运安保办公室的,属于比较早来到安保办工作的民警之一。

在此之前,揭伟已经跟着李世全负责过许多大型活动现场的安保工作,比如2008年冰雪灾的广州火车站春运安保工作,再比如2007年的第八届全国少数民族运动会安保,等等。

可是刚刚调到广州亚运安保办的揭伟,还是感到了肩头沉甸甸的压力。

如果问广州亚运安保面临的最大的困难是什么,所有人都会告诉你:开幕式。

广州亚运会开幕式的策划者,在策划亚运会开幕式时,也同样面临着一个天大的难题。

2010年,北京奥运会刚刚过去两年。北京奥运让人目不暇接的盛大开幕式,已经让世界为之刮目。广州亚运会的开幕式,能否再一次创造出和北京奥运会不一样且独具特色的辉煌?

亚运会开幕式的设计者们,苦思冥想,反复论证,终于找到了一个既充满广州特色,又绚丽夺目的方案:重点突出广州特有的一江两岸的景色,选择了全开放式的海心沙作为主会场。把海心沙作为一艘领航的船,在珠江上燃起希望的圣火。而各国的运动员们，则会通过十里珠江上的航船，沿江而上，一直驶入海心沙主会场。

出其不意的方案得到了各方的赞赏。但是，美好的方案也为亚运安保带来了数不清的难题。

公安部的安保专家们面对这个方案，既赞叹又担忧：从来没有在运动场之外搞过开幕式，而你们广州竟然在水上玩，那么开放、空旷的一个地方。

广州海心沙，是位于珠江中心的一个小岛，四面环江，风景优美，但是交通极为不便，仅有一条小桥作为通道。在此之前，海心沙只是一个军用仓库，岛上没有规范的体育场馆，没有公交车站，没有停车场。

新建起的广州亚运开闭幕式主会场，其实就是一个完全开放的大舞台，如一叶风帆，在珠江上乘风破浪。四面除了珠江之外，就是珠江边林林总总的高楼大厦、住宅楼、商业楼、办公楼，还有正在修建的在建楼。广州塔当时还没建好，但亚运开幕前肯定会投入使用。

这一切，在别人眼中都是美好而浪漫的，而在亚运安保人员眼中，全是安全隐患。

运动员入场的仪式更加新颖，十里珠江上无数的游船，满载着各国健儿从水路一直进入海心沙，沿途载歌载舞的演出，与主会场遥相呼应。而在安保人员的眼中，沿途珠江两岸200米范围内涉及的建筑物多达3381栋，住户超过5万户，人口超过15万……

还有珠江上来来往往的船只。这段江是水上运输的主航道，江面最宽420米，最窄185米，沿江码头82个，河涌22条，还有沿途数不清的排水口。

"仅仅是摸查这一个个排水口，就花费了大量的人力物力。你想一想，这无数个排水口，无论哪一个出点故障，或者有人有意或无意往里倒了一点汽油之类的易燃品，会造成多么严重的后果。"

广州市公安局指挥中心指挥处指挥二科四级高级警长、联勤指挥部专职指挥长的张泽明，当时和李世全一起调到广州亚运安保办，直到现在，回忆起当时的情形，他还忍不住伸手摸了一下肩头，仿佛那一份沉重还在跟随着他。

"李世全是那种特别心细的人，他真是恨不得每一个区域、每一个排水口都亲自去看一看，摸一摸，你可以想象得到他会有多累。"张泽明说。

除了水下和陆地，空中也是一个又一个安保难题。海心沙位于广州市中心，紧临珠江新城这样的高新科技新区。当时广州刚刚开始出现无人机。揭伟回忆说："我们发现有摄影发烧友已经开始使用无人机。可是我们公安的手上还没有反无人机的设备，仅仅是如何规避无人机带来的风险，就做了无数个安保方案，设计了无数种应对措施。"

面对着如此复杂的安保局面，许多安保专家都忍不住摇头：这几乎不可能做到的啊。

揭伟说他刚刚来到亚运安保办公室的那段时间，听到的最多的话就是：不可能。

只有李世全，一次也没有说过"不可能"这三个字，他对揭伟说："咱什么也别说了，干吧。"

三

如果问揭伟，亚运安保最苦最累的是什么，他会马上说：写方案。

当时揭伟在亚运安保办负责的第一项工作，就是跟着李世全做广州亚运的安保方案。

亚运会圆满结束之后，揭伟把广州亚运所有大大小小的安保方案清理了一下，数了数，总共数出了1698份方案。大到整个亚运会的安保框架的搭建，每一个场馆的安保方案，开、闭幕式大大小小的安保方案。小到一个场馆的饭堂的安保人员配置，一辆运动员乘坐的大巴沿途行进路线的交通疏导和安保措施，林林总总，事无巨细。

揭伟还记得，这林林总总大大小小的方案，要在不到一年的时间里完成并经过层层评审，最后再上报公安部专家组审批通过。

上级领导要求，所有的亚运安保方案，必须在2010年春节前通过最后的审批。李世全来到广州亚运安保办时，已经是2008年年底。而这时的广州亚运安保办，还是一个空壳。他要搭建班子，抽调人员，协调各有关部门，然后尽快做出所有方案。

一年中，李世全要和各单位部门协调商讨，要进行无数次的现场勘查，要听取各方安保专家的意见，然后再领导着大家写方案、改方案。

"那段时间真的是忙疯了，我都已经不记得是如何过来的。"揭伟深有感触地说，"先别说根本不记得哪天是周末哪天是节假日，几乎连什么时候回过家都不记得了。"

白天，李世全要去跑各个协调部门，省市的党政机关、公安厅安全厅的有关部门，亚组委的各个部门，消防、医疗、城管，还有无数个社会团体、社区街道……据揭伟不完全统计，仅仅是第一批需要联系合作的部门和单位就有四五十个之多。各种沟通协调座谈，一个问题一个问题去解决，一个项目一个项目去对接，听意见，谈设想，研究可行性……

一天跑下来，当别人都下班回家之后，李世全他们回到办公室，才开始最艰难的写方案过程。经常是一写写到凌晨两三点，才胡乱对付着在办公室睡一觉，因为第二天一早，还有一堆的工作在等着。

那段时间工作到凌晨是他们的常态。经常是写完改完，天已经蒙蒙亮了,然后开始打印装订。办公室的打印机常常彻夜地响着,有时要一直打到早上八九点。

"那些刚打印出来的方案拿在手上,纸还是滚烫滚烫的,李世全装进包里就去市政府开会了。"到了广州亚运开幕前的那一段时间,市里几乎每天早上九点半都有一场协调会。会上,大家要对安保方案提意见建议,然后回来再修改。

"根本记不清一个方案需要改上多少次,有的可能达到上百次吧,最少的也改了十几次。"赵博当时也在亚运安保办工作。他回忆说,"当时的时间紧张到什么程度呢?记得有一次,公安部的一位领导前来广州视察亚运安保的措施。当天晚上,领导要坐船检查珠江上的情况,要求我们送材料。当时我们一直在改方案,一直改到最后一刻。据在场的同事回忆说,开船的铃都响了,在轮船启动的那一瞬间,李世全才匆匆忙忙地赶过来跳上船,把方案送到领导手中。"

揭伟说:"那些日子里,每一天,写方案写到凌晨三点多,实在太困了,就趴在桌上睡着了。李世全看到了,走过来轻轻敲了敲我的办公桌,温和地说:来来来,别睡别睡,再坚持一下,把这个方案修改完,你就可以去休息了。"

揭伟说当时他特别佩服李世全:"我们写完了,把方案交给他,就先去睡觉了,他一定会坚持把每一个方案都看完,一个字一个字地改完,也不知道还有没有时间休息。这种情况在当时可不是一天两天，在将近两年的时间里，几乎天天如此。我到现在还记得亚运安保办里那张行军床，办公室里每个人几乎都在这张床上睡过。"

揭伟记得自己当时还跟李世全开玩笑说："你看我比你小十几岁，但身体还没有你好，至少熬夜我就熬不过你。"

"当时就是觉得他身体还挺好的，特别能熬夜。可是没想到，他最后把自己的身体熬垮了。我们都不知道他身体不好，他从来不跟大家说自己身体上的不舒服。在我们眼中，他就像铁人一样，熬不垮，打不倒的铁人。"揭伟回忆说。

"李世全的细心是全局都领教过的。就说写方案这一项，他从来不满足一个方案写好后交上去审批就完事了。我们写方案，经常是找到一个处理问题的方法就行了，可是在他那里肯定通不过。他会不断地向你提问，这样解决真的可以吗？就算是可以，这个方案是最好的解决方案吗？万一这个方案解决不了，有没有备用的解决方案？备用的解决方案如何实施？什么人去实施？

"比如亚运会，就仅仅是一个运动员的车辆从驻地到赛场的路线，我们把沿途可能发生的意外都想了一遍，所有预备方案都做好，他还要再问一次，如果这里出现了堵塞，怎么办？有没有备用方案？备用方案如何实施，哪些人负责？备用线路的安全和疏通谁来负责？他还要再问，如果车辆发生故障怎么办？有没有备用车辆？备用车辆的司机由哪个部门负责？多久能够到达现场？一切的细节都是反复核对反复推敲，力争不出半点差错。所有这一切，他都亲力亲为，亲自指挥着我们去实施。所以每当遇到危险的紧要关头，他总能知道在哪里有预备方案，哪里有备用警力，如何调度，所以最后总能化险为夷。这是他多年来一直在安保第一线摸爬滚打，用无数的汗水和心血打磨出来的经验和习惯。"

除了总体方案，还有各部分的具体方案。龚文武是2009年7月进入海心沙的。当时海心沙还是一片工地，到处都是施工现场。龚文武和他的三人方案团队负责海心沙开闭幕式的安保方案。他们一个负责统筹，一个负责原始数据和图纸，一个负责写方案。几乎是一直保持两天就要完成一份方案的进度，没有别的办法，只能拼命。

就是靠着这股子拼劲，他们把无数个别人眼中的"不可能"，变成了妥妥的"可能"。

四

"我要飞得更高。"

在大家一起奋战亚运安保的那段时间，李世全的手机铃声用了一首汪峰的歌曲。无论白天还是黑夜，也无论是周末还是节假日，大家常常看到他刚刚放下手机，手机又响起了"我要飞得更高"的歌声，那段时间他特别繁忙，手机一直在"飞……",永无停歇。

"李世全接电话的速度是非常快的,常常这一句歌词还没唱完,他已经接听了,所以我们总是听到半句歌。后来,有同事开玩笑说,李处,你的铃声我们每次都只能听半句,你也稍稍慢一点接,让我们多听两句嘛。虽然知道大家是在开玩笑,但李世全还是非常认真地说,那可不行,这个时候打电话来找我的,肯定是亚运安保上有事情需要我协调,或者是总值班室有事情要向我报告,得赶紧听,一刻也不能耽误啊。"

亚运会安保工作最难的部分,在于开幕式。而开幕式最大的隐患,在于能直视海心沙的所有建筑物。因为必须确认楼宇上的每一个人不会对海心沙的开幕式主会场造成可能的危险。

在李世全的带领下,安保办首先把这些楼宇分为四大类,住宅类、办公类、商业类和在建类,根据四类楼宇不同的特点,分别采取不同的安保措施。

首先是住宅类,这是人数最多的一类,也是最复杂的一类。安保办在之前便协调当地基层民警,对这里所有的住户进行了摸查,先把安全隐患排除掉。

治安支队1005作战室有整整一面墙的资料,那是亚运开幕式场地四周所有的楼宇信息,安保人员们按照"一楼一方案""一楼一册""一户一册"的办法落实管控措施。再往下细看,这一户一册中,又标注了楼层、朝向,有几个房间、阳台,一直到每一扇窗都记录得清清楚楚。而这里住的每一户人家,安保民警都必须走访过,和他们聊过天,对接过开幕式当晚的安保措施。

在"绝对安全、万无一失"的命令下,所有的基层民警都动员起来。明月社区的社区民警杨成梅就是这千千万万个基层民警中的一员。在亚运之前,从2009年2月开始,杨成梅和她的同事们便开始了他们自己的"亚运时间"。为了掌握一手资料,他们每天要走20多公里的路,爬500层楼(其中有许多是没有电梯的),持续工作14个小时,一户户地走访聊天,摸查情况,再整理成册。

这些都不是最难的,最难的,是住户们的不理解和逆反心理。社区内住着一个60多岁的老大爷,一开始,老大爷不接电话,上门去也不开门,一副拒不合作的态度。杨成梅没有放弃,她不厌其烦地一次次走访,不厌其烦地一遍遍解释,一共走了十来次。终于,老大爷打开了门,开始和她交流。后来,一见到她,老大爷就开始倒水、拿水果。再后来,老大爷一定要把自己家的阁楼钥匙交给她,让她走累了时可以歇歇脚。"你们太不容易了,"老大爷对杨成梅说,"我听到你边走边咳嗽,听说你有哮喘,还看到你随身带着药,经常要停下来吃药。你也别太累了,一定要注意休息啊。"

一年多的时间,杨成梅磨穿了4双鞋,和她的同事们一起做出了54份共计十多万字的临江楼宇管控方案。

这一切的一切,为广州亚运开幕式的安全建立了牢固的围墙,同时也让广州市民心悦诚服地服从安排。

而对办公类和商业类的楼宇,大部分是采取购买服务的办法,在开幕式当天进行封闭管控。对在建的建筑,他们协调各基建部门,在开幕式前后采取停工的方式管理。

五、

全域性排爆、排险筛查,更可谓艰苦卓绝。

"羊城号"警船和全国首支用于水上警务的高速摩托艇队,不停地在珠江上巡视,布成一道道江上的天罗地网,把一切可能发生的危险都排除在亚运之外。在这警戒严密的珠水之下,潜伏着广州水警的蛙人队。蛙人们每一次下水,都要穿上60多公斤的潜水服,每一次潜到珠江5米之下的水域,一个全黑的世界便笼罩了他们。湍急的水流,不断变换的水压、温度,遍布的漩涡和各种突如其来的危险,树枝、石块、铁枝、钢筋,还有不知哪个钓鱼者抛下的钓鱼竿鱼线……他们在黑暗中一点点地摸索,一寸寸地搜查,一个个隐患地排除,每天超长时间地工作。就这样,安保办协调水警和蛙人,提前摸查了全珠江水域所有的区域,把每一个排水口都探测得清清楚楚,把所有的隐患一个个找出来,然后再一个个排除。

开幕式的场馆安保更是细之又细，李世全他们派出大批民警提前到达现场，拿着先进的探测器，一平方一平方地探测，一个椅子一个椅子地检查。不是一遍，而是一遍一遍又一遍，有一些重要的地方足足检查了十几遍。还有海心沙的那么多房间，贵宾休息室、媒体中心，等等，都是一遍遍探查，保证100%安全。

广州亚运开幕式的安保工作错综复杂，仅仅是观众入场的安保措施，就让安保办伤透了脑筋。张泽明时任海心沙安保办的主任，"要快，不能让大家排队排太久，又要准，不能弄错一丝一毫。不能把一个对的人挡在门外，更不能错放一个人进来。如何操作，真是给我们出了无数个难题"。

当时李世全给他们提出的要求是，要充分利用现代科技来改革进场安检的流程。他首创了证件加特别通行证同时使用的安检方法，让安检变得快捷又准确。当开幕式结束后，各国首脑和嘉宾，中国国家领导人，亚组委的官员和运动员、工作人员，等等，他们由组委会统一安排车辆离场。

开幕式还将有2万名观众，进场、离场的交通工具是一个非常令人头疼的问题。首先，为了分散通道，地铁海心沙站在开幕式当晚不停站。公交车只能坐到附近。私家车更不能开进海心沙，只能在岛外找地方停放。曾经有一个方案是把参加开幕式的群众统一集中到天河体育中心，再由政府提供大巴前往，开幕式结束后再统一坐大巴离开。论证之后被否定。多个方案被否定之后，还是李世全的提议更切合实际。即把入馆时间提前，引导市民通过半公交半走路的形式进入场馆。散场后也尽量利用公共交通工具各自离去，化整为零。后来事实也证明，这种一半步行、一半公交的方式，效果非常好。

而烟花的安保，是最考验风险控制能力的。从审查、把关、严格挑选焰火燃放单位开始，焰火燃放团队的安保人员就提前进入了一级战备状态。首先，他们从300多家具备一级资质的单位中，挑选出3家企业合力承担起广州亚运开幕式烟花燃放的任务。

烟火燃放安保方案，前后经过来自公安部、广东省公安厅和广州市公安局的专家们8次会审，8次重大调整修改之后，才最终确定。在这个时候，导演组的创意和安保专家的安全监管，始终都是一对矛盾。比如焰火的发射位置，导演组原来设想是要在开幕式同场的LED帆屏架上也增加发射点的，但是安保专家认为这样做危险系数过大，经过一次又一次的论证，最终安全第一，导演组还是放弃了最初的设想。

在当时，广州没有大型的烟花堆放仓库，所需要的烟花要在开幕式之前从湖南浏阳用车运到广州。全程高规格安保护卫，有时一天往返一个来回，行程800多公里，8次押运，总路程过万。当天运到当天安装，时间必须配合得非常严密。烟花运达广州之后，现场看护的安保人员也非常辛苦。48小时之内，他们必须不眠不休地紧盯着作业流程，那真是"连眼珠子都不敢眨一下"啊。

最大的危险来自于当时世界最高点"广州塔"上。每一次对塔身安全的安检，安保人员都要悬空作业。地面上的一阵微风，到了600米之上的高空便是几级大风。塔身上装了数百个发射架，每个发射架上都有十几个炮筒，每个炮筒都有一根电线与电脑相连，上万根密如蛛网的电线纵横交错，稍有不慎，后果都不堪设想。

这一切，都给烟花燃放的安保人员提出了数不清的新课题，必须一个个去解决。

更难的，是在广州亚运期间，刚刚投入使用的广州塔一直对广州市民开放。据统计，当时每天都有近万名游客到广州塔上游览，这给广州塔的安全监管带来了更大的挑战。

还有一个难题，是当时广州塔附近还有许多建筑工地，也是烟火发射的一大隐患。

比如，与烟火发射点相隔不到200米，就是正在建设中的广州电视台工地，焰火燃放的时候，风一吹，便可能落到工地上，一不小心便会造成火灾。为此，安保人员们倾尽智慧，为电视台工地打造了一个大大的水幕外衣，再缀上华美的彩灯。于是，一个巨大的安全隐患瞬间变身成一个华美的景观，一起为亚运开幕式闪亮。

奇迹，就是这样一点一滴建造而成。

李世全一个环节一个环节地看，一个问题一个问题地解决，一遍又一遍地检查。

"一直到烟花升起的那一刻，我们的心都没有放下来过。"张泽明事后回忆时说，"责任太重大了。"

六

在亚运安保紧锣密鼓地筹备的过程中，突然发生了安保距离和空间标准的重大改变，这使安保人员们又面临了一个非常大的挑战。

当时，按照国际惯例，像这种大型场地安保活动，一般来说，安保范围都是200米的直线可视距离。亚运会开幕式的主会场，也是按照200米的直线可视距离来设定的。而正当亚运安保紧急备战的关键时刻，2009年8月，国际上发生了一起针对恐怖分子的狙击事件，彻底改变了亚运安保的设计和规划。

2009年8月17日，一位年仅25岁的英军狙击手，在距离1853米之外的高点，精准地将狙击枪内的子弹射进了塔利班头目的胸部，致使对方当场死亡。

这个近2000米的射击距离，令世界安保圈全体瞩目，也刷新了狙击距离的世界纪录，成为当时世界上最远的狙击距离。(目前,这个距离已经被刷新至3500米。)

在近2000米以为射中了目标,虽然这件事情发生在国外,虽然专家们也承认这类事件的成功率只有几百万分之一,可是为了保证亚运安全的万无一失,广州还是迅速将开幕式的安保范围从200米扩大至2000米。本来200米内的高层建筑为200多栋,居民有2万多人。这一下,2000米内的楼宇范围扩大至1189栋,涉及超过40万的居民。

所有人都惊呆了。

李世全对他的战友们说,没有退路了。只能前进,而且要快。就这样,他们接连攻克着一个又一个难关,过五关斩六将,协调了五六十个部门,共同为广州亚运筑起了一道万无一失的安全墙。

亚运会开幕式一共进行了10次彩排,每一次都有2万名市民观众前往观看。安保工作没有彩排,每一次都要严防安全事故和事件的发生,同时又要根据彩排实际情况来修改最终安保方案。

仅仅是在临江大道、阅江路一带的围蔽,他们就想了无数个方案。最后,设计出双重围栏,根据当天不同活动要求的效果,采取大、小两种围蔽方式。在那些天里,他们几乎都是每天彩排前建围蔽,每天深夜,等彩排结束人员散尽后,再以最快的速度把围蔽拆掉,以便第二天清晨,能让上班和上学的广州市民们通畅出行。

前前后后17次搭建和拆除，仅在临江大道某个地方，每次都是几十个民警带着上百名工人急速地完成，个中辛苦真是难以言说。

来自四川的农民工小万说："这个活，基本就是拿命来拼的。"有一次，他们是在凌晨5时开始动手拆围栏，要求在早上8时前拆完。当时小万边干边想，这一回，8时前肯定拆不完。但是带领他们的民警说，必须在8时前拆完。"那些警察真是有办法，他们一边紧急派人增援我们，一边把上面给他们的热水和面包全拿出来，自己一口也没吃，全部送到我们嘴边。于是，我们从他们手中咬一口面包，边嚼边干活。人心齐泰山移啊，真的在8时前把活赶出来了。"

赵博说："说真的，亚运彩排的安保工作比最后正式开幕式的安保工作还要让人心焦。因为最后的开幕式安保虽然责任重大，但一切早已安排妥当，所有的流程和细节都是经过之前多次演练打磨出来的，大家心里都有数，只要按程序按计划做好工作就可以了。可是之前的每一次彩排，我们不但要负责彩排的安全，还要在彩排中查找安全漏洞，把不够严谨的地方找出来，修改，再修改，一直到安全系数达到100%为止。可以想象，每一次彩排时，安保人员所承受的压力有多大。"

随着广州亚运的一天天临近，安保所面临的工作就越来越复杂。而最困难的，是各部门和机构之间的协调。

首先，面临着国家、省、市各级党委和政府机关的协调。赵博说，当时市政府每天早上都有一个通气会，李世全常常要带着他们做好的方案前去汇报，然后再把各级领导和专家们的意见带回来，督促大家去完成。

其次，是各安保指挥部之间的协调沟通。随着亚运的临近，开闭幕式场馆、亚运村、各竞赛场馆和接待酒店，都设立了各自的安保指挥中心。而这些指挥中心互相之间的沟通协调，各指挥中心和市局、省厅的沟通协调也要有专人去做。

还有，安保指挥中心和亚组委各部门之间的协调，和各分局各街道各派出所基层民警之间的协调。

七

亚运安保工作涉及的领导机构和协作机构非常多，因此沟通协调工作非常繁复，需要一个具有超强耐心和能力的人。这个人只能是李世全。而每每在这样的关键时刻，李世全都没有退缩过、回避过。

赵博说，李世全是最早进入亚运安保指挥中心的负责人之一，他参与了几乎每一个大的安保方案的搭建和落实，了解每一个安保关键的细节和总纲。所以由他去协调沟通各项事宜，真的是事半而功倍。

其次，李世全是一个非常细心非常周到的人，而且具有超强的责任心。每一个细节，他都能顾及和考虑到，这在大家的互相合作中也非常重要。在和各部门各层级的协调中，无论对方多么急躁，工作多么难做，他总能按捺着自己的脾气，和风细雨地一点一点说服劝导，直到把工作做通。

"广州亚运的安保工作，就像一栋复杂的建筑，一开始，李世全负责的是搭建安保指挥部的班子，打好地基。之后，他开始构建整座大楼的主体，协调人员到位。然后，他又负责了大楼的精装修，一个方案一个方案地制作、审核。看现场，协调各有关部门有关人员。而当亚运临近时，他又负责了整栋大楼入住后的各项设施的修改和执行。"赵博回忆说，"我都不记得那两年是怎样过来的，日日夜夜都憋着一口气地工作，好像连喘息的时间都没有，那种满负荷的状态一直持续了近两年，真是相当辛苦。但是很值得，因为收获也特别大。我们每一个做安保工作的，工作能力都在那一次战役中有了不同程度的提升。"

亚运会开幕后，广州3万民警，除了广州日常的治安工作之外，仅仅是抽调到亚运安保工作的便超过了7000人。这段日子里，他们每个人都承受了巨大的压力和超负荷的工作量，不舍昼夜地保卫着亚运会的安全。

而正是凭借广州亚运的机遇，广州公安锻炼了自己的安保队伍，更新了安保设备，开阔了安保眼光，令广州整个安保能力和应变能力提升了一个档次，有了更高的平台，造就了国际化的安保视野。

从那一刻开始，广州公安的安保水平，达到了世界级先进水准。

火炬传递是亚运会的前戏，能否顺利开场，先入为主地决定了人们对广州亚运的印象。在所有的安保工作中，亚运火炬传递的安保是相对比较顺利的一环。这完全是因为李世全在参加奥运火炬传递安保（北京奥运会，广州火炬传递是重要一站）中积累了大量的经验，之后他迅速总结了经验并制订了火炬传递安保工作的新方案新流程。所以在两年后亚运火炬传递过程中，顺利地使用上了。直到现在，广州许多大型的需要在市内马路上进行的活动，比如广州马拉松等，都在沿用这一安保方案。

当年奥运火炬传递之日，传递路线上人员聚集之多，广州人对观看火炬传递的热情，远远超出了安保部门的预案，场面一度出现拥挤和混乱。当时整条马路上站满了热情的观众，传递车一时进不来。为此李世全临时紧急调动了特警车前来为传递车开路。同时，他重新布置了警力，采取分段安保的形式，迅速疏散人流，开辟出一条可以让传递车通行的马路，最后终于让火炬传递工作按时按质完成。

亚运火炬传递活动当天，李世全拿着对讲机一路跟着指挥车和火炬奔跑，火炬传到哪儿，他就跑到哪儿。可就在火炬即将到达最后一站体育东路的时候,指挥电台里传出消息:天河体育中心东门已被热情的观众堵死,车队无法通过。指挥部所有人的心都悬在了嗓子眼儿上。

领导呼喊:"李世全,李世全,你在哪里?"

李世全立即调配地铁支援力量和车队应急特警,从外围疏导人群压力,硬是从人群中切出一个口子,在最短的时间里,确保车队顺利进入天河体育中心。

火炬传递顺利完成后,领导一拳击在他的胳膊上:"世全啊,幸好有你啊!"

如今,距亚运会已超过十年的时间。而广州亚运的那些故事、那些传奇、那些说不完道不尽的苦和乐,和人民警察的名字一起,还在广州市民中传颂着。

第七章

"你好,广州110"

"你好，广州110。"

这是一个普普通通的声音，一个清晰而温暖的声音，几乎每一个给广州110打过报警电话的市民，都会听到这个带着温度的声音。

这个声音相伴广州35年，和广州市民一起经历了无数的风风雨雨。

在每一场台风肆虐的危急中，在每一次犯罪分子猖獗的艰险中，在每一个疫情袭来的困难中……哪怕，只是在一次交通大拥堵中，110，总能及时为你排忧解难。

"有困难,打110啦。"这是包括阿婆在内的广州市民都熟知的一句话。

广州110,就是广州市民心目中的保护神。

一

"广州110",是全国第一个110报警平台。

为什么全国第一个"110"会出现在广州?应该说,这和广州领全国风气之先,率先掀起改革开放浪潮有着密不可分的关系。

"广州110"的前身,是1951年广州警备区成立的"00"台。其时,广州刚刚解放不久,专职的警察队伍尚未成型,"00"台用于广州人民群众向警备区举报"敌特"分子活动的信息,故又俗称为"匪警"电话。由于当时电话还没普及,"00"台的电话设备在现在看来还是非常简陋的。很长一段时间里，整个"00"台，仅有1部手摇电话机、1条电话线，每天的话务量满打满算也只有十来宗。

到了20世纪70年代，广州公安借鉴国外经验，把当时的"00"电话改成了"01"报警电话。因为当时国际上许多都是用"01"作为报警电话，当时的旧式电话机，"0"和"1"这两个数字，是靠得最近的，在拨电话时也最方便快捷，所以用"01"作为报警电话，最方便民众拨打。但当时的"01"台仍然只有2台单线工作电话。这就意味着，一旦同时有多于2名群众打来，电话就无法拨通。

到了80年代，地处中国南大门的广州，迎来了改革开放的滚滚春潮。人、财、物的加速流动，社会经济的快速发展，人民生活水平的飞速提高，同时也带来了社会治安状况的日益复杂。广州的刑事犯罪案件不断增多。犯罪的流动性、突发性、暴力性也明显增加，对广州社会治安和人民群众的生命财产安全构成了严重的威胁。

那个时代的广州人大都是骑自行车上班或上学的，当年海珠桥上自行车人流滚滚的一张老照片，曾被称为"世界第九大奇观"。自行车，是每一个广州人都不会忘却的记忆。可是当时不少广州人都有过自行车被偷的经历。在90年代之前，大家的自行车大部分都是随意锁在楼梯口或过道里的。可是到了后来，往往是当你早上起来准备上班时，就发现自行车不翼而飞。再买一辆，往往过不了几天又再被偷，越是新车,越容易被偷车贼盯上。

入室偷窃的案件也多了起来,还有公共汽车上的扒手,大街上出现了"扑头党"。下夜班的人走到夜深人静的偏僻处,突然会有人冲上来照你的头上来一砖头,然后趁你被打晕抢劫你身上的财物。

广州兴起摩托车没多久,便有不法之徒开着摩托车在大街上公然抢劫。女士们光天化日走在路上,也要小心翼翼地护好坤包或项链等物,因为随时可能会有飞驰而过的摩托车,坐在车后座的人一把就抢走包或首饰了。

损失财物还是小事,弄不好还会伤人。当年,有一位女士走在街上,当街突然间被人抢走了耳环,耳朵一下子被撕裂,鲜血直流。

为广州市民打造一个快捷的报警平台,已经刻不容缓。

1986年1月10日凌晨0点,广州市公安局110报警服务台在全国率先正式开通。而在此之前,"广州110"已经试运行过一段时间。当时的"广州110"虽然还没有现在这样先进的通信设备,但相比之前已经进步了很多,配备了转接、录音以及无线电台等设备,以方便群众报警求助。同时还增加了收集社会治安动态的渠道,比如110台和各区各街道的派出所加强沟通联系,对每个区每条街道归属哪间派出所了如指掌,这样就在无形中增强了对突发事件的反应能力,在接到群众报案后,迅速根据群众提供的案发地点通知当地派出所出警，有效地打击了违法犯罪。

1月10日凌晨3时15分，值班员蔺梅接到了"广州110"的第一个报警电话……

这一天，"广州110"共接到报警电话24起。

电话响起，广州市民奔走相告，毗邻广州的港澳媒体也刊出了醒目的大标题。

1987年3月，公安部派工作组赴广州调研后，向全国发出了《关于在大中城市公安局普遍建立110报警服务台》的通知，在广州经验的引领下，各地公安机关开始陆续设立"110报警服务台"，初步建立起打击违法犯罪、救助危难群众的接处警和警务指挥中心。

就这样，"110报警台"渐渐扎根于全国人民的心中。它标志着中国公安通信指挥和信息系统的一场前所未有的深刻变革，开启了中国警务史上一个改革创新、科技强警的崭新时代。

1996年3月，"广州市公安局全国首家开通110报警服务台"被国务院正式确认，载入"中华之最"荣誉大典，并纳入"名城之光——广州之最"。

二

现年80多岁的罗广成，在"广州110"筹备期间，任广州市公安局"五处二科"科长。属于第一批筹建的老同志。

1997年罗广成退休的时候,他拿出一个厚厚的笔记本。这个本子里,记载了从1986年"广州110"诞生以来十年间,老罗利用值夜班的时间,整理和记录下来的"广州110大事记"。他梳理了这个光荣的集体所做的每一件大事,一笔一画地记录下来。

退休前,老罗恋恋不舍地把它传给了杨蕴华。

这是一本式样老旧、封面上写着"业务工作大事记"的厚厚的笔记本。这个笔记本一直珍藏在杨蕴华的办公室抽屉里,她用一个防潮袋把它包得严严实实的。虽然外表有些磨损,但里面的内容还是清清楚楚的。有一些重要的时间与事件,杨蕴华都用贴纸标签做了精心的标注。

翻开笔记本,是老罗的手写体,里面认真地记着:

"1986年1月10日凌晨0点——广州市公安局110电话报警服务台正式开通。"

"3时15分,值班员蔺梅接到了第一个报警电话——广州市景园酒店向树兵报称,丢失东西,现场没有破坏。一德路派出所赶赴现场调查,案犯是男性,偷盗得手后,正准备逃走时,被人发现,丢弃赃物逃跑……"

1964年出生的杨蕴华是"广州110"最早的6名警花之一。

1986年1月10日,刚刚从警校毕业的她,和另外5名同学一起,成为"广州110"第一批接线员。

回忆起当时的情景,杨蕴华说,最初的110报警台没有专门的房间,只是办公室里很少的一排座位。有24条线路、4台电话,她们6名女警分为3个班次,24小时轮班。

从那时起,"广州110"报警服务台,就每天24小时值班,从未间断过。

杨蕴华还记得,当年没有电脑,所有的东西都要靠人脑记忆。对她们几位来说,最困难的,就是要把这个城市的详细地图,每条街的标志性建筑物,街道的名称,等等,都牢牢地记在大脑中,以便随时使用。

姑娘们都爱逛街,别人逛街是买东西吃美食,而杨蕴华她们逛街就是去记路名、记地名。

当时电话不是特别普及,更没有手机什么的,报警人很多时候是在公用电话亭打来电话,如果一时间没有问清楚,很可能就再也联系不上了。所以刹那间的反应特别重要。

特别让警花们头痛的,是广州还有不少重名的街道,比如报警人说"仓前直街",她们必须第一时间就反应出广州不止有一个仓前直街,要马上问清楚,是"北京路的仓前直街",还是"东山的仓前直街"。

在老罗的笔记本里,记载着这样一件"大事"。

"1987年12月29日,值班员杨蕴华,接番禺县公安局报,发生一宗特大持械抢劫案,案犯4人可能乘坐今晚23点40

分的火车北上,侦查人员正在赶去火车站的路上。请求'广州110'协助抓捕行动……当晚23点28分,4名犯罪嫌疑人全部被抓获……主犯文某供认犯罪事实。"

在这一段平白而简单的记录后面,老罗忍不住特别标注了几个字:"电波传奇功"。

杨蕴华还记得,接到报案的那一刻,自己的脑海中,电光石火般展开了一条由电波搭建的通道,飞速连接到地面。首先,她迅速核查了当天犯罪嫌疑人拟搭乘火车的开动的时间,发现不是23点40分,而是23点25分。别小看这短短的15分钟,很可能让犯罪分子逃之夭夭。根据最新的时间,她指挥着沿途的警力做好配合,并及时安排广州火车站所在派出所的民警,一边在犯罪嫌疑人入闸口布下天罗地网,一边协助专案民警上车准备抓捕犯罪嫌疑人。

在各方的协同努力下,当晚23点28分,4名犯罪嫌疑人全部被抓获,无一漏网。

事后,专案组的民警们都记得,在那个抓捕犯罪嫌疑人的关键时刻,"广州110"那位女警清晰果断又精准的声音,一直在空中指引着他们,与他们紧密合作,配合得恰到好处。

因为在此案中快速精准的反应和引导,杨蕴华立下了三等功,成为"广州110"历史上第一个立功之人。

如今,35年过去,当年的6位姐妹花,有的转岗,有的出国,有的退休,只有杨蕴华,从来没有离开过这个岗位。她一直与"广州110"战斗在一起,无怨无悔。

当然她心中也有许多遗憾,让她感到最遗憾的,是她们最早的6位姐妹花,竟然没有"同框"在一起拍一张合照。因为当时是24小时轮班,她们不能一起上班,也不能一起休息。当几十年后,杨蕴华想到六姐妹竟然没有一张合照时,大家却已经各散东西,再也没能聚在一起。

但是,相信"广州110"的这一段经历,会永远铭刻在她们每个人的心里,从来不需要想起,永远也不会忘记。

张泽明,1990年加入广州市公安局,成为一名人民警察。他的第一份工作,就在"广州110"。

张泽明还记得,当时的"广州110",没有电脑,只有几台最简单的电话和一台不太灵敏的无线电台,二十几个工作人员。

没有电脑,所有的案情都要用手记录。他们要熟悉街道,要快速反馈每一条横街窄巷所对应的分局和派出所,每一个派出所的电话号码。靠着一本详细的地图和厚厚的电话号码簿,他们背啊记啊,硬生生地把一条条信息牢记在脑海中,靠着每个人手中的笔和长期训练的最强大脑,撑起了广州市民生命财产安全的一片天。

渐渐地,广州市民都知道,当你在马路上遇到险情,当你在野外遇到危难,当你在家中生命或财产安全受到威胁，拨打一个"110"的电话号码，立刻就会有人救你于水火之中。

三

让我们来看一看下面这组数据：

1986年至2020年，"广州110"共受理报警求助10469.58万宗，指挥基层公安机关抓获违法犯罪嫌疑人28.2万名。截获、查获涉案机动车2.05万辆，救助危难群众41.4万人。

曾经有人测算过，如果将每宗案情都打印在一张普通的A4纸上，叠放的厚度将超过554米，铺开的面积可以覆盖47个标准足球场。一名"110"台的接警员，每年生成的警情记录字数超过210万字，相当于2.5本《红楼梦》。

杨蕴华说，一个"广州110"的接线员，平均每天接电话的数目超过500个，特殊时间会更多一些。常常下了班，累得连一句话也不想再说。

1996年，"广州110"率先进入了计算机时代。

1997年，开启了110报警服务计算机网络时代。

1998年，广州率先建立了以110为龙头的社会服务联动机制。

2003年，"广州110"应急联动指挥系统在广州市公安局开通。

2005年开始,"广州110"先后整合了番禺、南沙、花都、从化、增城等周边辖区的110报警服务台。至2012年,实现了对全市各区110报警求助电话的统一受理,在全国大城市公安机关统一接处警工作模式建设中处于前列。

2020年,"广州110"的摘机量是505.17万次,平均每小时有575个电话打进来,平均每分钟有10个电话打进。

因为有了"广州110",广州的治安状况有了很大的改善,市民们的安全感也越来越足。市民们说,在广州无论我现在是逛街、吃饭,还是看电影、挤公交,都不用像以前那样提心吊胆了。

2008年,李世全调到"广州110"指挥处任副处长。

四

"广州110"有许多和李世全并肩奋斗过的同事,他们都记得李世全最爱说的那句话:"人啊,不要在乎自己能活多长。我更在乎生命的宽度和厚度,那就是趁着自己年富力强的时候,给老百姓多做一点事情。"

他是这样说的,也是这样做的。他用他不懈的努力,令他短暂的生命厚重无比。

在调到"广州110"指挥处工作之前,李世全是在治安部门工作的。

初初来到指挥系统，虽然说一来就担任领导职务，但李世全从来没有摆出过领导的架子。他很真诚地对110的同事说："我之前没有干过指挥业务，所以我有很多问题要请教大家，希望你们不要嫌我烦哦。"

"对于指挥业务工作，我是比较陌生的，甚至有畏难情绪。在发现自己的不足之后，我下决心加强业务学习，尽快熟悉指挥业务工作。"这是李世全在2008年述职时提到的一句话。

李世全勤勤恳恳的工作态度，严谨踏实的工作作风，至今仍留在和他一起战斗过的每一个"广州110"人的心中。他的同事和部下，时隔几年，还能清楚地记得他在110时说过的每一句话。

"他特别细心，也特别有耐心，很少对我们发脾气，总是温和地一遍又一遍地叮嘱我们，耐心地教我们。有时我们做错了，他也不发火不骂人，只是温和地说：这里好像不对，我们重做一次，好吗？"

2008年至2013年，李世全从一名刚刚接触指挥工作的新任领导，成长为一名开创指挥工作新局面的优秀干部。在这期间，他于2008年荣立个人二等功，被评为广东省优秀人民警察和全省公安系统奥运安保工作先进个人。2010年，因为出色完成亚运安保任务，荣立个人一等功。

苏丽梅1988年从警校毕业后，进入"广州110"工作。那一年，她刚刚20岁。此后漫长的从警岁月中，虽然工种换了多次，但苏丽梅一直没有离开过110。

苏丽梅回忆，李世全刚刚来到110指挥处时，就很详细地了解每个工作人员的心声。他想了很多办法，来加强这个队伍的核心凝聚力。他不但对前线工作十分认真，就算是对队伍的后勤工作，也是一丝不苟地关心。

亚运前夕，苏丽梅调到了亚运安保筹备小组负责后勤工作。她说在这段时间，跟李世全接触得比较多，真正感受到李世全工作的细致和对同志无微不至的关心。

"记得当时我们的警力不足，要向外地'借警'。对这些临时借调过来的民警，李主任的关心也非常到位。当时我负责后勤工作，李主任几次专门为这些借调民警的事找我，详细地跟我交代对他们的后勤保障工作。"

苏丽梅说，对这些外借过来的民警，他们的待遇、补贴、衣食住行的安排，甚至是他们的每件装备，李世全都要亲自过问，亲自督查。本来，那段时间李世全是负责亚运全面安保工作的，肩上的担子非常重，责任也非常大。"他几乎每天从早到晚都在外面跑，协调各个部门，落实每一个安保细节，还要去现场查看安保布置。可是他有几次专门到办公室，把我叫过去，一项一项地过问这些后勤保障的落实情况。比如他们的补贴落实到位没有，保险买了没有，买得够不够。每一个细节都一遍遍地叮嘱，一遍遍地检查。"

苏丽梅深情地回忆："那时候他经常工作到深夜，但是对后勤的每个细节他都没放过。有一次我的报表上出现了一个小错误，他把我叫过去，很温和地说，'这里好像有点不对，回去再检查一下吧'，我当时看到他眼里布满血丝，说话时声音有些沙哑，我知道他昨天肯定很晚才休息，所以心里惭愧得要命。从那以后我的每一个报表在上交前都要认真检查好几遍，真是连一个标点都不敢错。"

对大事一丝不苟，对小事也绝不放过。李世全对110员工的关心也是大家有目共睹的。110经常有一些接线小组的小型座谈会，李世全虽然很忙，但每一个座谈会他都尽量安排时间参加。有一次他有一个重要的会和座谈会的时间冲突了，大家都以为他不会来了，结果没想到他过来问："你们能不能改个时间开会，我想来听听大家的意见。"

还有，110的家属见面会，他也是每次必到，认真地听每位家属的意见。"保障好后勤，才能让他们工作起来后顾无忧。"李世全说。

为了增加大家的凝聚力，李世全要求110的后勤人员多开展活动，多让大家在这个集体中感受到关心和快乐。他经常对苏丽梅说："不要怕同志们提意见，要给个口子让他们把意见都说出来，我也会和你们一起认真听取他们的意见，这样大家就不会把情绪发泄在工作上。我们第一步就是要做好手头上的每一件工作，其他的问题我们再想办法一步步去解决。"

一个110最普通的接线员,也永远会记得,在110的那些岁月里,每一个中秋节阖家团圆的夜,每一个年三十的年夜饭,李世全都没有回家。每一次,他都是与值班的接线员们在一起度过的。

"有一年春节,他和我们一起过大年三十,我们跟他说今天是大年三十,你回家过年吧。李主任很实在地说:'没关系,你们值班,我和你们一起团圆。你们能在工作岗位上过大年三十,我为什么不可以。'"

他就是这样一个脚踏实地,勤勉务实的好领导。

"他关心我们每一个人,却常常忘记他自己。"苏丽梅说,"从来没听他提过自己家里的事,他在广州110指挥处当领导好几年,我们这些下属,竟然没有一个人去过他家。直到后来他出事后,我们去他家里慰问家属,才发现他还住着多年前局里分给的旧房子,家具都挺旧的,家里的环境也十分俭朴。按道理,像他这个级别的领导干部,家里的经济条件应该是蛮不错的,大家都想不到他平日的生活如此简单。"

苏丽梅的女儿认识李世全的女儿很久了,她从来没听对方提过自己的父亲,也不知道她父亲是谁。直到李世全牺牲后,苏丽梅的女儿看到报道,才知道自己多年的朋友就是李世全的女儿。苏丽梅的女儿说:"我有李世全女儿的微信,但是从来没看到她在任何场合说过自己爸爸的事情，所以我们这些朋友谁也不知道她爸爸原来是公安局的领导。"

苏丽梅还记得，在李世全调去亚运会安保指挥部工作期间，有一天，他回110的办公室，大家发现他走路一瘸一拐的，问他怎么了，才知道他犯了痛风。苏丽梅回忆说："当时我让他休息几天，他摇摇头说不行啊，现场还在等着我。他让我去医务室帮他拿点止痛药和膏药，我说只吃止痛药怎么行啊，你还是去医院看一看吧。他说这点病有什么好看的，看也看不好，去医院也是白白浪费时间。他吃了止痛药，贴了几贴膏药，转身又一瘸一拐地去工作了。"

苏丽梅说到这里，眼圈有些发红："他就是这样一个人，从来都不知道为自己着想。我们大家只知道他有高血压，有痛风的老毛病，但是没有人知道他心脏不好。"

五

现在的"广州110"，所有的现代化手段已经让现场和指挥部实现了全方位联动。比如哪儿发生火灾，接警的同时火警也会接到报告，110、119、120等有关部门会在第一时间出动，速度非常快。

另外，广州市目前高清监控摄像头的覆盖率也非常高，一个地方发生险情，高清监控摄像头几乎同时便将当地的实况传回了指挥部，领导可以一边看视频一边做出解决方案，节省了时间，提高了效率。

当然，比较重大的事故，大家还是会以最快的速度赶到现场处理。

初到"广州110"时，李世全面临着一系列自己并不熟悉的工作：接处警、网上追逃、有奖举报、应急联动、现场保卫、信息报送、技术保障，等等，非常庞大而复杂。仅仅是技术系统，便包括了接处警系统、要情系统、查控系统、卫星定位系统、图像监控系统、无线通信系统、话务系统等各种类别的指挥业务系统。

在这些陌生的系统面前，李世全初来乍到，便拿出"一根筋扎到底"的劲头，把自己下放到最基层的科室，迅速熟悉着各业务科室的职能、任务、工作流程和要求。他不但自己参与到每一个具体的工作中去，还成了指挥处的"问题大王"。不懂就问，不会就学。

很快，李世全就掌握了110的基本业务和各类技术系统。在摸清了这一切之后，他便开始琢磨如何更好地改进和把这些系统应用到更多的日常工作中去。

当时正值广州"创文"迎检最关键的时刻，为了做好"广州110"接处警的测评工作，李世全决定采取110接处警系统、警车定位系统和无线通信系统相融合的工作措施，就是用一个平台，同时把信息传送到不同的渠道。比如发生灾难时,一个报警电话,同时传送到110、各区的110、消防等各个系统,提高接处警的反应能力。

果然,此举运用之后不久,便取得了良好的工作成效。为接处警节省了时间,提高了效率,加强了各平台的联动,进一步提高了高科技手段的技术应用范围。

除了个别大案要案之外,110的日常工作是十分繁琐的,大大小小的事务每天都层出不穷。大到关系到人民生命安全的台风雷暴或刑事大案,小到交通拥堵,甚至市民的猫狗找不到也会打电话来报警。因为是24小时轮值,工作衔接难度大,稍不留心就可能会造成一些错漏。

李世全在分管信息工作后,对信息报送的规范和流程非常重视。他认为,抓好信息源头的质量、审核把关这两个环节特别重要,特别是对涉及人员伤亡的案情信息,重点处理好信息报送时限和报送质量的关系,采取点对点直接与现场联系,调取现场视频掌握实时动态,对及时处理重大事件非常重要。

于是,他开始亲自抓信息报送的时限和质量,力争在最短的时间,做到最准确无误的信息报送。

报送时限和报送信息的质量,通常是一对矛盾。如果仅仅是求快,可能质量关就会有所疏漏,如果严把质量关和细节,那么报送时间肯定会受到影响。

李世全把信息报送的"快、严、准"一手抓了起来。

如果你去问跟过李世全工作的同事和部下，跟李世全在一起工作，什么是最困难的时，他们都会异口同声地说："写信息报送的材料。"

所有的材料，必须又快又准确，连一个标点都不允许出现差错。可是时间只有这么多，如果反复修改又会迟了报送。所以大家经常会因为写材料加班到深夜。材料写好送到李世全办公桌上，无论多晚，他都会一个字一个字地审核，一句话一句话地修改，一个细节一个细节地不断追问。很多时候下属写完的材料送到他那里之后，要全部推翻重来。有时下属不知道该怎么写，找不到方向，李世全会详细地把主线和大纲一一罗列出来，然后开玩笑地说："你看，骨头架子已经给你搭好了，就看你能给多少肉了。"

自从李世全到了指挥处工作后，指挥处负责写材料的同事们渐渐发觉自己归纳整理材料的水平在不断提高，他们报送的信息材料，还不止一次获得了市局领导的表扬。有一次，一个同志对着厚厚一大沓材料发愁，不知道如何才能提炼梳理出指挥要素。李世全知道了，把材料拿过来看了一下，然后笑着问："你想一想，我们在指挥时最需要的是什么？"同事想了一下，还是有点不明白，他又提醒说："你看，警力配置、通讯方式……想想看，还有什么呢？"那位同志恍然大悟，迅速把方案中的指挥要素整理了出来。

2011年，鉴于李世全的出色工作成绩，经过层层选拔，他被提任指挥处处长。

善于思考，善于归纳，善于总结和创新，虽然平时工作非常繁忙，但是对于技术革新，李世全一刻也没有放下。110是一个报警平台，从报警接警到处警再到现场，一系列的工作中，时间是一个非常重要的因素。往往，为了缩短其中的时间，哪怕是一分钟或几秒钟，都意味着要增加特别多的工作量和技术方面的支持。

李世全在"广州110"期间，首创了一整套的智慧管理机制，从顶层设计，到系统工作规范，到查车堵口的配置，如何启动一级、二级、三级卡点联动，他不断设计，不断演练。同时，他还整合广州公安11个分局的资源，实现了统一接警、二级处警，GPS定位，社区联动等非常实际的应用系统。

在这期间，李世全还设计出在全国属于首创的"六位一体"的"智慧110"平台。这六位指的是"情报、指挥、巡逻、视频、卡口、网巡"，六位一体的平台充分利用高科技手段，将一整套体系结合起来，为110接处警节省了时间，实现了最快到达现场处理问题。

"哪怕我们只快一分钟，可能就能多救一个人的性命，就能为市民和国家减少一笔损失。"他一直这样对同事们说。

李世全经常说：磨刀不误砍柴工。如果平时就磨炼好公安各分局各部门之间的合作机制，肯定能为广州公安处置突发事件预备下一套积极有效的方案。只有固化了工作模式，夯实了广州公安应急指挥工作机制，才能有效地提升我们的应急能力和处理突发事件的各种能力。

直到现在，"广州110"的许多指挥工作的机制，社会治安整体防控工作，仍然是广州公安指挥的特色和亮点之一。

这些年，也不断有全国各地的同行纷纷来广州考察学习借鉴。由于这些机制和措施都非常接地气，非常适合公安勤务的实际情况，所以不断在全国范围内得到广泛的推广和应用。

"广州110"的警情数据，是广州治安的晴雨表，牵动的是公安勤务的具体调整方案。为了更科学地布警用警，为了有效防控广州每一个角落的治安漏洞，李世全一边从事着正常的110的指挥工作，一边抽时间对110警情进行了仔细的分析和深入的研究，做了许多改革方案。

在李世全和他的同事们的不断努力下，广州市的社会治安形势持续出现了"三降三升"。"三降"指的是警情下降、刑事立案下降、突发事件下降。而"三升"，指的是打击破案率上升，抓获违法人员率上升，群众满意度上升。

六

"三降三升"之后的广州,公共场所的偷窃和入屋盗窃等刑事案件正在不断减少,广大市民的安全感也在不断上升。但是李世全和他的同事们却没有感到一点轻松。治安,永远都有新形势、新战场。

一个新的更严峻的形势又摆在了李世全和他的战友们面前,那就是日益增长的电信网络新型诈骗案。

新的犯罪团伙作案更隐蔽,有许多都是躲在境外作案,但诈骗数额却更巨大,常常一夜间就能让人倾家荡产,对社会治安和人民财产安全造成了巨大的威胁。同时,因为这些犯罪活动全部是在网络上进行,给破案抓捕出了更大的难题。

走进广州市越秀区仓边路,你会发现这样一个标识:广州市打击治理电信网络新型违法犯罪中心。2015年,李世全耗费了无数心血,熬了不知多少个长夜,借鉴兄弟城市的先进做法,创立起一项全新的"广州110防范处置电信诈骗工作机制"。它继承了刑侦部门和110接处警快速反应的优良传统,一支110反诈骗专线,一个新部门"广州市打击治理电信网络新型违法犯罪中心"也终于建立起来了。

他们又面临着一个个前所未有的挑战。

李世全的工作作风，仍然是一天当作几天在用。仅仅用了短短3个月的时间，25名新警员全部到位，24小时专门受理群众关于电信、金融等网络诈骗的警情。

"96110"，作为广州市民，你知道和熟悉这个电话号码吗？这就是2015年"广州110"领全国之先开辟的"新航线"——110反电信诈骗专线。每一天的战斗，都是前所未有的"新、奇、特"，每天面临的都是诈骗分子层出不穷的新手法和新科技，同时，还要面临人民群众的不明白不理解和容易上当带来的焦虑。

可是这些勇敢的"110反诈专线"的战士们，还是义无反顾地投身于反诈斗争的汪洋大海，在大海的滔天巨浪中学习游泳，在诈骗分子的诡计多端中学习战斗。

2015年10月15日14时20分，"广州110"接事主刘女士报警，称她的朋友接到冒充生意伙伴的电话，对方要求转账至一个指定账户。在该朋友的请求下，她通过建设银行网上银行将2000万元转到嫌疑人提供的农业银行账户内。后来她查询发现，其中1999万元被人转至农业银行越秀支行开设的一个账户，怀疑被骗，于是报警。

接报后，"110反诈专线"立即启动警银联动的反诈骗应急"止付"工作机制。他们一方面协调农业银行快速核查资金流向，另一方面紧急通知越秀分局、北京街的派出所，尽快到达嫌疑账户开户行核实情况，并协同银行开展现场处置工作。根据农业银行与北京街派出所现场民警反馈的嫌疑账户资金的流转信息，越秀分局指令派出所的民警飞速赶赴银行，协调银行工作人员，对转入该行的两个账户共1760万元进行了冻结。

与此同时，"反诈专线"同步协调工商银行、中国银行等6家银行，对犯罪嫌疑人用于转移资金的10多个账户采取紧急处置措施。从接到事主报案到结束战斗，仅仅用了2小时50分钟，110的反诈勇士们，成功为被骗事主挽回1990万元的损失，并抓获4名犯罪嫌疑人。

当胜利的消息传来的那一刻，在这近3个小时中水都来不及喝一口的人民警察们，竟然全都愣住了。他们不敢相信自己的耳朵，不敢相信自己在这个成立不到200天的战斗集体里会成长得如此迅猛、如此强大，巨大的获得感和自豪感让他们一个个对未来更加信心满满。

片刻之后，他们才恍然大悟地跳起来欢呼。

这就是"广州110"在刚刚开辟的新战场上斩获的一件新案件——不到3小时截获近2000万元，直到今天，这仍然是金额最大的"全国反诈第一案"。

近年来，"电诈之祸"一直是盘踞在中国上空挥之不去的"黑色幽灵"。据了解，一个几百万人的网上诈骗集团，一直活跃在柬埔寨边境一带，专门针对中国社会经济体制、法律体系和社会管理模式的短板或弱点，针对14亿中国人的心理特点，定制出一个又一个"诈骗剧本"。

诈骗集团中还有不同的角色，他们中有专门的"编剧"，编写好剧本，有专门的"导演"，反复培训他们的学员针对普通民众进行诈骗。光是"打电话"的剧本就有几十页之多，第一天说什么，用什么语气，第二天说什么，用什么态度，第三天说什么，用什么样的身份去接触受骗者，什么时候开始跟对方联络感情，什么时候套近乎，到了什么火候才进行诈骗……都有一系列的规定。

有时候，这些骗子集团还会派出他们的人报案，谎称被骗，套取中国公安机关应对电信诈骗的方式方法，回去后继续修改剧本。

经过公安多年的追踪调查，他们发现，这些骗子剧本里的"套路"并没有改变多少，一般都是利用人们想快速赚钱的心理进行诈骗。但令人痛心的是，多年来，受骗上当的人却越来越多，被骗的数额也不断上升。

一位广东著名高校的教授，高级知识分子，被骗子们的"剧本"套住，一天之内，卖掉了自己住了几十年的住房。而这套市值超过1000万的房子，因为教授急着给骗子打钱，急卖给中介，只收了500万。

一位名牌大学毕业的知识女性，一天接到一个电话，说她中奖了，奖品是一部笔记本电脑，价值2万，但需要给2000元的税。当时她参加工作没多久，正需要一部这样的电脑。

刚开始她还半信半疑，放下电话后，过了不到两分钟，对方又打过来，说刚才忘了问，她的笔记本电脑是想要白色的呢，还是想要黑色的？这一个细节让她相信了对方，于是转了2000元过去。等到发现被骗时，为时已晚。

上当最多的，是骗子们假借公安、司法或者政府机关的名义进行的诈骗。其中又以老人，包括老干部、老军人和老知识分子最容易中招。

为了从源头上遏止电信诈骗，筑就心理上的"防诈墙"，反诈中心专门请了一位心理学专家，为业界人士进行心理学讲座。结果没想到，这位心理学专家后来却成为一名骗子的诈骗对象。最可怕的是，他自己被骗后还毫无察觉，到了最后，他完全被骗子所控制，弄得每天早上8点都要向骗子汇报自己的行踪。直到公安民警把他救出来，他才恍然大悟自己是被骗了。他对救他的民警说，自己已经被控制了一个多月，连他自己都想不通，像自己这样的高学历高智商的人，为什么会突然走火入魔般地跌入了骗子们的圈套。

近年来，一直处于"反诈"前沿阵地的广州，针对骗子不断翻新的伎俩，出台了"预警—止付—防范—宣传"一系列措施，见招拆招，有效地开展反诈骗，已经为被骗群众追回了6亿多元的损失。

七

一件接一件的工作，李世全好像从未有片刻停下过脚步。

如何更真实更快速地将广州的社会治安情况提供给市公安局的领导进行决策……

如何帮助基层解决防控警力投入的压力……

如何通过科学用警精准地展开打防管控……

在李世全的笔记本上，这些字眼一次又一次地出现。

在"广州110"，经常跟李世全在一起工作的同事们都知道，李世全常说的一句话是："好记性，不如烂笔头。"

在他的书架上，整整齐齐摆放着他的工作笔记本，里面记录着他经历过的大大小小的事件。不但记录着这些事件的起因、过程、发展和结果，同时也记录着他对这些事件的思考和想法，记录着他收集的意见和建议。里面记着许多好的、成功的经验和做法，也记录着一些失败和教训。

"每次事件处置后他都会详细记到笔记本上，并且加上自己的分析和总结。"他的同事说，"在'广州110'，这个习惯不仅仅是李主任一个人的习惯，在他的言传身教下，许多110的工作人员都培养了记工作笔记的好习惯。"

几年来，李世全通过对以千万数计的110警情数据的统计分析归纳总结，对比参考值进行重新分析确定，来全面、客观地监测全市警情的发展趋势。在他的规划协调下，统一了"广州110"警情数据的出口问题。通过原始警情和确认警情的对比分析，解决了"广州110"警情的真实性问题，并依据警情监测结果制定了区域性社会面治安防控等级机制。

为了尽可能地为基层减负，提高打防管控的精准度，李世全带领着"广州110"的指战员团队，想尽一切办法，实现了110警情为领导决策服务、为基层打防服务、为市民平安服务的"智慧110"设计。

目前，"广州110"的接处警速度，从报警到民警抵达现场的速度，都在全国位列前茅。

李世全在"广州110"所做出的每一分努力，都体现在这个城市的每一份安全感上，都记在每一位与他一起工作过的同事心中，也记在每一个广州市民的心中。

也许，不是每一个市民都知道李世全的名字，但是他们都知道："广州110"，时刻在保卫着我们的安全。

八

2018年9月，一场名为"山竹"的台风横扫广州。

由于此台风的来势比之前预测的要猛烈得多，狂风加暴雨，珠江潮水猛涨，路边的大树有不少折枝倒地，多个低洼处积水越来越深。

珠江潮水越过警戒线，淹到了附近的马路上。珠江边的中大隧道被淹，有一辆小轿车被淹在水里，只露出三分之一的车身，万幸司机已逃出车外……

情况越来越紧急。

电视、广播和手机中，政府在一遍遍呼吁市民"停课停产，尽量留在家中，不要外出"。

街上风横雨狂，行人稀少。

而另一群人，"广州110"岗位上的每一位指战员们，在这个危急时刻，逆风而行，取消了所有轮休和假期，第一时间赶回起义路指挥部的办公大楼。

电话一个接一个地响着，80个接线平台全部开启，电话线的另一头还有十几个来电在排队。

看着排队的来电灯不断闪烁，"广州110"指挥部的工作人员心急如焚。来电排队，就意味着有市民的电话打不进来。

"你们想一想，当市民们遇到危难打110电话求救时，却打不通，他们心里该有多着急和绝望啊。无论如何，也要把排队的数字减下来。"这是李世全在"广州110"时经常对大家说的话，也是"广州110"历任每一位指挥员都在要求大家的话，更是每一个"广州110"人都牢牢记在心里的话。

平台已经开满了，排队的电话还是越来越多。此时，冒着大风大雨赶回来的同事们开始回归最原始的状态，他们边接电话，边用笔做记录。

"你好，广州110，有什么可以帮助你？""你好，广州110……"

"你好，广州110……"

看着排队的电话一个个减少，大家心里总算长长舒了一口气。

在这场台风中，他们及时把每一个市民的求助传达到了有关部门手中，排除了一个又一个安全隐患，协助这座城市安然渡过这场特大台风。

李世全虽然离开了"广州110"的工作岗位，但他的工作方法和工作态度，一直留在110每一位同事的心中。

110的工作人员都记得，2016年1月10日，是"广州110"成立30周年的大庆。作为全国110的创始地，在这个特殊的日子，搞好110的宣传活动，让市民更加清晰地认识110，了解110，是"广州110"人的一件大事。

在这一天到来之前，已经升任"广州110"指挥中心副主任的李世全来到指挥处。

"我来看看还有没有什么遗漏。"

像往常每一个重大活动之前一样，他坐在展板前，目不转睛地盯着展板，一字一句地读着展板上的文字内容，一边向身边的工作人员交代一些细节。

这一坐，就坐到了凌晨4点。而第二天晚上，他一直忙到午夜时分，依然在刺骨的寒风中带队到天河体育中心南广场的宣传活动现场检查工作。

那一天广州又湿又冷，夜已经深了，寒风一个劲地吹着，但李世全好像完全没有感觉到困倦和寒冷。他来来回回地走着，在舞台上跳上跳下，查看舞台的搭建牢不牢固，检查器械的摆放合不合理，用手摸一摸每张桌子，试一试每个台阶，一个小小的细节都不放过，全部检查得仔仔细细，了解得清清楚楚，以确保庆祝活动既有声有色发光出彩，又不会有哪怕是万分之一的安全隐患。

他亲力亲为的身影，他精益求精的态度，他经常挂在嘴边的那句"没有到现场走一走，没有亲手摸一摸，心里就是不踏实"，就像是昨天才发生的。

一转眼，5年过去了。

5年之后，2021年1月10日，这一天，不仅仅是"广州110"成立35周年的纪念日，同时因为全国110和人民警察对社会治安的杰出贡献，这一天，被定为"中国人民警察节"。

这是中国第一个警察节。

"110是老百姓最熟悉的一组数字，每当人民群众遇到危难、面临不法侵害、需要紧急救助时，总会第一个想到拨打110。"

1月8日,在公安部举行的新闻发布会上,公安部新闻发言人向记者表示。

"中国人民警察是替人民负重前行的群体。新中国成立以来,全国1.4万余名民警英勇牺牲,10余万名民警负伤,3700余名民警被评为烈士。"

2020年7月21日,《国务院关于同意设立"中国人民警察节"的批复》发布,同意自2021年起,将每年1月10日设立为"中国人民警察节"。

这意味着,从这一天始,中国人民警察也有了自己的节日。和教师节、护士节、记者节等节日一样,警察也有了最值得纪念和庆祝的日子。

国家专门为人民警察队伍设立这个节日,是对人民警察为党和人民利益英勇奋斗的充分肯定,是对无数个像李世全一样的优秀警察的表彰和纪念。

说起1月10日,就不能不提一下"广州110"这个让广州骄傲的字眼。

在新闻发布会上,公安部新闻发言人向记者介绍,1986年1月10日,广东省广州市公安局率先建立了我国第一个110报警服务台,近年来,每年1月10日,公安部及各地公安机关,都会组织和开展多种形式的"110宣传日"活动,110已成为人民警察队伍的标志和品牌,具有极高的社会知晓度和群众认可度。

在过去的35年中，全国公安机关110共接收群众报警求助9903.5万起，出警2亿余人次。

它的背后，是广大人民警察的忠诚职守、辛勤耕耘。这体现了鲜明的政治性、广泛的人民性和警察职业的标志性，必将鼓舞和激励广大公安民警进一步坚持以人民为中心，忠诚履职、勇于担当、默默奉献，始终做国家政治安全和社会稳定的守护者，始终做人民群众的保护神。

"人民警察为人民，这是人民警察对广大人民的庄严承诺，这是警民鱼水情深的体现。人民警察牢记初心使命，忠诚履职，在新时代波澜壮阔的壮美画卷中，必将书写浓墨重彩的新篇章。"

2021年新年伊始，为庆祝第一个人民警察的节日，公安部和全国各地公安机关都在紧锣密鼓地准备着电视电话会议，举行升（挂）警旗仪式，向警旗敬礼，重温《人民警察入警誓词》，向首个人民警察节致敬。

在广州，李世全的同事们，也和全国的人民警察一样，集中精力开展了热烈隆重的庆祝宣传活动。

那一天，整个广州为之沸腾，许多市民自发地前往宣传现场参加庆祝。

这一切，李世全再也看不到了。

在这一天到来之前，李世全已经永远离开了他所深爱的工作，离开了他感情深厚的战友和同事，离开了这座他一直用生命护卫着的城市和这里的市民们。

  李世全的同事和战友们每每想到这一点，都会忍不住热泪盈眶。"如果李主任能和我们一起庆祝这一天，该有多么开心啊。"他的同事说，"虽然我们都知道，如果他还在，这一天他肯定还会是在加班加点中度过，但是大家就算只能看到他忙碌的背影，看到他被汗水湿透的后背，心里也会高兴啊。"

  李世全离开了"广州110"，但是他把他的工作方法、工作态度和工作精神留在了"广州110"，把他工作中的心血和智慧的结晶留在了"广州110"，更把他全心全意为市民安危着想的精神，深深地刻印在每一个"广州110"人的心中。

  英雄离去，浩气长存。

第八章

永不掉链子的"螺丝钉"

对于李世全来说，承载的使命早已化为内心深处的信仰，所以每到一地，他都能踏石留印，每承担一项任务，就能抓铁有痕。

在广州公安系统，李世全调过许多岗位，换过许多工种。无论到哪里，他都是一颗结结实实的"螺丝钉"。他的领导，他的同事，对他最大的评价是：无论放到哪个岗位上，他都不会掉链子。

也许，印痕终会被岁月淹没，但是，他的作为将留在人的心灵之中，成为永不磨灭的心灵印记。

李世全在广州市公安局，是出了名的"靠谱"之人。无论多么困难的工作，只要交到他手上，领导放心，属下安心。"跟着李主任，我们心里就有底了。"这是每一个和李世全共过事的人都会说的一句话。

无论在哪个岗位，做什么工作，他都像一颗扎扎实实的螺丝钉，紧紧地守候着公安这部庞大的机器，从没掉过链子。

一

2019年12月1日清晨，广州大道北与禺东路交界处，广州地铁11号线沙河站的施工区域，突然发生大面积地面坍塌。一个巨大的坑洞出现在地面。当时正是早高峰期间，塌陷一度造成了附近道路大面积拥堵。不幸的是，碰巧经过该区域的一辆清污车和一辆电动车来不及刹车，掉进大坑之中，车上人员生死未卜。

紧急警报第一时间拉响。已升任广州市公安局政治部主任的李世全作为局领导正在值班。多年的安保经验告诉他，城市主干道地陷，牵连甚广、影响巨大，必须马上处理。

一个问题接着一个问题，他一边看现场视频，一边紧急布置各项抢救工作，一刻也没有耽误。部署完抢救工作之后，李世全第一时间带领有关工作人员赶往现场指挥救援。

当时正在值班的李世全的老部下老战友、指挥中心的张泽明也同时赶到了现场。

现场非常危急，从视频中只知道两辆车掉了下去，车上有多少人，是谁，还不知道。虽然蛙人和搜救队也在第一时间赶到现场实施救援，但是因为地陷还在不断扩大，而且地陷中不断渗水，给搜救工作带来了极大的难度。

现场已经拉起了警戒，以防再有市民或车辆误打误撞掉入坑中。

各搜救部门一边安排紧急救人，公安交警一边协调进行交通管制，同时还要尽量疏导交通。为了防止现场再次引起别的灾难，除了救援人员之外，李世全还指挥工作人员紧急联系了消防和120做好救助的准备。

与此同时，李世全还急请各路专家前来进行探测，最怕的是附近的立交桥和住宅小区的楼宇，如果地陷影响了它们的根基，那么麻烦就大了。另一方面，政府部门也需要尽快查清楚两辆车上到底有几个人,他们是谁?有关部门需要尽快掌握确切的资料,以便向全广州市民发布。

那一天,网上的各种消息铺天盖地而来,许多市民都在焦急地等候政府的权威发布。李世全和战友们深深感到肩上的担子沉甸甸的分量。

清污车上的人员很快查到了,车上共两人,是一对石姓父子,来自湖南。

而另一个骑电动车的人是谁呢?因为没有任何标识,从视频中也只能看到不太清晰的脸,要查出这个人的确切身份,还真不容易。

还好,现代科技的支持起到了非常重大的作用,技术部门的人员很快到位,他们沿着监控视频一路搜寻,从这个人掉到坑里的一瞬间往回搜,倒查他的出行轨迹。

终于,在珠江新城旁边的一条小路上,他们看到开电动车的人进过一个档口之后又出来。这是一个重要线索,档口的人认出了这个人,根据他们给出的线索,经过多方证实没有错之后,此人的身份终于确定了。李世全立即向市委市政府做了汇报。

下午,广州市政府召开了新闻发布会,向一直为此事揪着心的广州市民通报了情况。

李世全从早上赶过来,一刻都没停,午饭也没来得及吃,一直在现场协调指挥各项工作。张泽明回忆说:"当时现场十分紧张,大家根本没时间坐下来休息。别说坐,李世全连站也站不了几分钟,一直奔来走去跑前跑后地处理各类事务。"

遇险者的身份知道了,接下来就是要通知家属,这也是特别难的一件事。面对这种突如其来的灾难,家属的情绪是可以想象的,李世全一再叮嘱具体的工作人员,要求他们一定要向家属做好解释和安抚工作,以免家属们因为情绪激动再做出什么过激的行为。

李世全的工作作风一向以细致认真著称,每一句话,每一个细节,他都反反复复交代了又交代。现场的每一个决定,都关键又关键。地陷的大洞中早已开始渗水,水流的方向如何,救援人员从哪个方向寻人,向哪个方向挖,全都要在瞬间做出判断和决策。

天一点点暗了下去,12月的广州,虽然不算是天寒地冻,但冷风过处仍有挡不住的寒意。

张泽明见到李世全时,发现他脸色发青,整个嘴唇都是黑紫色的。其实在这之前,李世全已经在医院检查过,心脏出了问题。"但是我当时并不知道。我就是发现他早上走得急,连件厚外套都没来得及穿,身上只穿着一件单衣。所以我以为他脸色不好就是因为太累和太冷,于是赶紧让工作人员去给他拿件外套。可是外套拿来时,我又找不到他了,不知他跑到哪里处理问题去了。"张泽明回忆着说。

现场情形依然危急，水不断从坑中涌上来，塌陷还在增大，专家建议马上进行回填，只有这样才能阻止进一步的塌陷，以确保附近建筑和更多人生命财产的安全。

可是3名遇险者还没有找到，如果回填，找到他们的希望肯定会更加渺茫。

那一夜，揪心的何止李世全一个，也不仅仅是在现场的这些人，广州的每个角落，都有人在关注着此事的进展。

那一夜，广州市委、市政府和市公安局，许多部门办公室的灯直到深夜还在亮着。

夜幕降临。距离他们早上赶到现场，已经超过12个小时。十几个小时的连续作战，紧张、压力，加上身体的消耗，大家都疲累不堪。

张泽明再次看到李世全时，发现他脸色更加暗沉，眼睛里布满血丝。

"我就是觉得他太累了，从早上到深夜，坐都没坐一下，饭也没怎么吃。我走过去对他说，你脸色不好，要不要休息一下？当然我了解他的个性，在这个时候，他是无论如何也不可能回去休息的，我就是想他哪怕只是去附近的车里坐一会儿歇口气也好啊。"

李世全当时头都没回，只说了一句："人还没找到，哪有时间休息。"

天渐渐亮了，距离地陷已经过去整整24小时，24小时不眠不休，铁打的人也挨不住。上级部门派来了轮值的同志，大家开始分批换班回去休息。李世全这才忙里偷闲匆匆吃了几口早餐。张泽明劝他回去休息一下，已经有同志前来接班。可是李世全没有走，市委和市政府的领导马上要到现场来看情况，他说自己一直在现场，所有的状况都很熟悉，怕别的同志不清楚情况说起来会有遗漏。

"还是我在这里等吧，大家都累了，让他们先回去休息。我还行，能挨得住。"李世全说这话时，张泽明听得出，他的声音都是沙哑的。

就这样，李世全一直在现场坚持到第二天中午，把掌握的全部情况向市领导做了详细的汇报之后，才拖着疲惫的身体回到局里。

广州市的领导高度肯定了广州公安在这次紧急搜救中所做的一系列工作。在广州面临危机的时刻，在市民们最需要的时刻，李世全和他的战友们，第一时间冲在最前面，尽最大的可能把损失减到最低。

"虽然人最后还是没救出来，可是，各方面的搜救人员真的是尽了最大的努力。"张泽明直到今天说起这件事，心情还是非常沉重。

回忆起当时的情形，张泽明说："当时我看李世全真的是累垮了，整个脸都发黑。可是他没说过一句辛苦，也不知道回去之后他有没有尽快休息。他就是这样一个人，一工作起来就忘了自己。我认识他18年，不但是工作上的上下级，平时也是很好的朋友。可以说，我们属于兄弟加战友的情谊。……我只知道他有高血压，会时不时地问他有没有按时吃药，但从来不知道他心脏也有问题。"

二

李世全的细心和周全，不仅仅表现在执行重大安保任务之时，也表现在他平时工作中的一举一动、一言一行中。

调任广州市公安局政治部主任之后，他还分管市公安局的文化宣传工作。负责宣传工作的夏雨还记得，有一次，广州市公安局有位同事写了一首歌颂红棉的歌，大家听了都觉得很好，准备在公安局的微博上发布。本来这只是很小的一件事，负责的同志在走流程时，把准备发表的歌推给李世全审阅。

"其实我们当时只是想把规定的程序走完，没想到李主任那么忙，还很认真地去听去看。"

当天晚上，已经10点多了，李世全突然打来电话。他说："你们今天推给我的版本，好像和我们之前说的版本不一样，我认真听了一遍，有几个细节好像不太对，你再听一下。"

那位同事当时还认为不可能弄错啊,于是他找出原始的版本,两个版本对照着又听了一次,结果发现,这两个版本果然有几处细小的不同之处。"如果不是对照着听,我根本都听不出来。但是李主任不但认真听了,而且竟然听出来了,真是太让我们吃惊了。"

小夏负责市公安局的宣传工作,局里经常会有一些政治学习,需要买一些书和学习资料分发到各个部门,也是小夏负责的。每一次,小夏都是把书籍和资料领到之后,估算一下各个处室的人数,按人多人少确定每个部门发几本。有些书不是人手一本,而是一个部门发一个总数,大家一起学习。

"一次,我们买了300本书准备发给各部门,我把发放表格送给李主任审批,他看完之后把我叫过去,对我说:这几个部门的人员最近做了调整,有的多了,也有的少了,你的发放比例好像不太对,你再回去查一下各个部门具体的人数,重新再做一次吧。"

小夏说:"当时我真的吃了一惊,这么小的一件事,没想到领导这么细致,如此细微的差错他都看出来了。我马上重新统计了人数,果然有的部门人多了,有的少了,我立即做了调整。"从那以后,小夏说他也养成了事无大小,都要非常严谨的态度,一点马虎也不敢有。

说起李世全,小夏心里还有一件挥之不去的遗憾。广州市公安局有一个图书馆,也归李世全分管。就在李世全去世前两个月,他到图书馆视察工作。走着走着,李世全突然停下脚步,从书架上拿出一本书,认真地翻看着。"那是一本旧旧的书,纸都发黄了,根本不起眼,我之前都没注意到,可是李世全如获至宝,对我说,这是一本很著名的著作,这个版本现在在国内都很少能见到了,属于珍本。"

"没想到我们图书馆竟然有,太难得了。"李世全兴奋地说。李世全毕业于中山大学图书情报学系档案专业,有着非常深厚的专业功底,对图书馆非常感兴趣。只不过他平时工作太忙,很少有时间来图书馆。那天临走的时候,他对小夏说:"等我忙完了这一阵,咱们一起把这个图书馆好好整理一下,把这些珍本孤本都找出来,重新编册保存,也可以好好地利用一下。"

"这已经成了李主任永远的遗憾,也成了我一生的遗憾。"小夏动情地说。

三

即便是一项过渡性的工作,一段过渡性的履历,李世全也是扎扎实实走过来的。

2005年6月至2007年3月,李世全挂任原从化市公安局副局长,分管巡特警和治安工作。虽然只有不到两年的时间,虽然是挂职,但他一刻也没有放松对自己的要求。他不仅对每一项工作都亲力亲为，努力打造一支过硬的队伍，还将他在广州市公安局治安支队工作的先进理念、工作方式和多年的安保经验带到了从化，传输给基层的每一个警员。

到从化没多久，他就迅速打开了基层工作的局面，得到了同事们的爱戴。

"印象最深的一次，我交给他的一份材料，被他硬生生地打回来，一连改了6次。"从化分局指挥中心副主任王忠华回忆起当年跟李世全一起工作的点点滴滴，至今记忆犹新，"说真的，当时我都有点不耐烦了。但最后他对我说的一席话，让我终身受益。那份改了6遍的材料，成了我从警生涯非常重要的转折点，所以我一直记得。"

当时，王忠华在从化公安局负责文件的上传下达工作。一天傍晚，王忠华按照惯例，将一份基层上报的材料交给了新上任没多久的副局长李世全。他清楚地记得，那是一个关于村民之间纠纷的事件，情况并不复杂，所以材料也很简单，只有一页纸。

可没想到李世全看完材料之后，问了王忠华几个细节，一下把他问住了。李世全太细心了，他问的那些细节王忠华根本就没注意到。于是王忠华带着问题，又去找了办案民警，详细了解了情况，回来后对材料做了修改。没想到交上去之后，李世全又提了一连串的问题，于是王忠华又去了解情况，回来修改材料。

如此反反复复地提问，修改，一直到了凌晨两点。王忠华开始有点不耐烦了，觉得本来就是一件小事，领导会不会有点小题大做？

李世全是个细心的人，他看出了王忠华脸上的不耐烦。他没有生气，也没有批评，而是非常耐心地说："对事情没有了解透彻，材料上就可能会漏掉一些东西，哪怕是很小的一个细节。你觉得无关紧要的细节，但是一旦发生事故，这些材料就会直接影响公安和上级领导对这件事情的判断，可能会出更大的事故。所以一定要记住，这是个不能怕麻烦的事情，不能基层报什么，你就直接上传。你自己要去了解，去核实，去弄明白每一个细节。不然的话，如果遇到基层一个不负责任的工作人员，你是不是也就会跟着他们一起不负责任了？"

王忠华听了这番话后，十分震撼，马上重新调查了解整件事情的经过，再次回来修改材料。一直改到了第六稿，才算是在李世全这里过了关。

这件事，王忠华一直记在心中。"2007年，李世全调回广州，我们许多年都没有再见面。后来在一次会议上，我见到了他，当时距他在我们那里工作，已经过去了十几年。我想去跟他打招呼，又怕他已经不记得我了。没想到他见到我，主动过来跟我打招呼，还说：'忠华，你进步了。'当时我真的非常感动，因为他当年在我心中种下的那颗种子，让我在之后的岁月中，一直保持着对待任何事都不能马虎的工作态度，也才有了我今天的进步。"

基层的工作不但艰难，而且危险。在从化，李世全也遇到过村民因为征地问题闹纠纷的事件。当他们赶到现场的时候，纠纷双方都带着人，拿着砖头瓦片和木棒，眼看着一场械斗马上就要开始了。面对这种情况，李世全想也没想就带队冲了上去，及时阻止了事态的扩大化。"当时真是砖头瓦片乱飞，像警匪片一样。"李世全后来像讲故事一样对同事说，"但我们是人民公安，保卫人民的生命安全是我们在任何时候都必须要做的。在这种情况下，根本没别的选择，只有一句话：冲上去。"

2010年11月11日，从化公安局情报合成作战中心民警陈洁在执行任务时遭遇车祸因公牺牲。"当时，组织上请我们这些跟陈洁共事过的民警去讲述她生前的事迹，许多人都哭了。当我在台上讲的时候，我看到李主任在抹眼泪，一直一直抹眼泪……活动结束后我们在后台看到李主任走过来，大家还沉浸在悲痛中。李主任走过来握住我的手，紧紧地握着，许久许久，他重重地说了两个字'保重'。当时我非常能感受到他心中的伤痛，像失去亲人一样。"王忠华说到这里，眼眶里满是泪水。

四

2016年，李世全调任广州市越秀区，任副区长、公安分局局长。越秀区分局所有和他共过事的人，都忍不住说：他就是我们大家心目中的工作狂。

越秀分局指挥中心原副主任谢黎川是这样形容李世全这个"工作狂"的："他来到越秀分局后的三个月里，吃住基本都在局里。白天要处理区里的工作，晚上再处理分局的文件。我就没见过他回家。"

有一天晚上，谢黎川值班，凌晨3点时，他巡视办公楼，发现李世全办公室的灯还亮着。他敲了敲门，里面没有声音，谢黎川推门进去，也没看到人。当时他想可能是李世全下班时忘了关灯，于是准备过去把灯关了。

"正当我走过去准备关灯时，李世全突然从一摞高高的材料后面探出头来，把我吓了一跳。"谢黎川回忆说，"他桌上是一摞等待批示的文件，还有一堆是越秀分局前五年的治安警情材料。我特别记得那个场景，好像这些材料永远也批改不完似的。我问他怎么还不休息，他说文件批不完睡不着觉。他跟我说，自己刚刚来到越秀，情况还不熟悉，不看完这些材料根本下不了手，不知道从哪方面去做工作。"李世全看材料看得完全入了神，连谢黎川敲门都没听见。

谢黎川说，后来，李世全自己做了一个"请勿打扰"的牌子，晚上批改文件时，就把牌子挂出来，估计是避免再有人前来劝他休息。

李卫加在越秀区公安分局工作了多年，对李世全的工作作风有着充分的了解。在李卫加眼中，李世全不光是工作狂，还是一个爱学习，讲求新科技新知识的"知识型"领导。他们在一起工作时，经常讨论一些先进的安保方式，包括对近几年才开始流行的网络诈骗、电信诈骗和金融诈骗，如何向市民普及防范意识和如何防控这一类的高科技诈骗，李世全也很有心得。

李世全来到越秀分局后，第一件事就是到各个办公室聊天，了解越秀分局的情况，请大家谈谈对工作的想法。李卫加还记得当时他到自己办公室了解情况时的情形。他们谈完工作，李世全请李卫加给自己的工作提提意见。

"我当时就是觉得他太累了，事无巨细，千头万绪的工作他都一丝不苟地去做。这几年，眼看着他的身体一天天熬下去，头上的白发越来越多。我们见面时，也能看得出他经常都处于非常疲惫的状态。当时我就跟他说，你这样迟早会把身体累坏的。你现在是局里的一把手，工作上的事，要抓大放小。事无巨细你一个人是管不过来的，更不能为了工作不顾休息。

"当然我知道他是不会听的，他就是那种天生的工作狂,不工作,毋宁死的那种。"李卫加说。

除了"工作狂",谢黎川说李世全还是一个"健走狂"。在越秀分局工作那段时间,晚上只要有时间,李世全就会带上谢黎川去"巡街"。他们先走主干道,再走一个又一个小区里面的小路。李世全总是习惯边走边检查,发现哪儿有治安隐患,哪儿需要重新调整,立刻拍照,直接发给该地区的派出所和街道,要求马上进行整改。

"李世全常常是下了班批完文件后再出去走,常常一走就走到凌晨。越秀区有18个街道,每个街道李世全都用脚丈量过。特别是矿泉、登封、流花等重点街道,都不知道来来回回走了多少回。"

在李世全带领越秀分局的努力下,2017年广州市群众安全感和治安满意度通报中,越秀区的公安工作得到了群众安全感、治安满意度、公安工作满意度全部"三个大项"和公安工作"七个子项"得分全市第一,越秀区治安面貌持续保持"两降三升"的良好态势。刑事立案和案件类警情同比分别下降28.1%和19.6%,降幅分别列全市第一、第二。这对于越秀区这样一个位于市中心的老城区来说,实属不易。

谢黎川回忆说:"那个时候我们一趟走下来,三四万步是家常便饭。他走路特别快,呼呼带风。他在前面走,我们在后面几乎要一路小跑才能跟得上他的步子。

"记得那是2016年10月9日,也是重阳节,他带着我们检查重阳节的安保工作，也是这样亲力亲为。每一处的指示灯光，每一条安全警戒带，他都亲自检查。当时我跟在他身后，一个晚上走下来，回家时发现脚底板磨出了3个水泡。"

五

李世全对工作是全程投入、一丝不苟，相比他对工作的认真和执着，他的个人生活就显得太随便太不讲究。

赵博和李世全一起工作了那么久，两个人也常常在一起聊天，可是他却很少听到李世全谈论自己的事。"我们在一起，谈得最多的就是工作，很少听到他说工作以外的事情。"赵博回忆说，"我们不知道他有什么业余爱好，也不知道他爱吃什么。印象中，他的爱好就是工作，最爱吃的就是盒饭，因为他平时吃得最多的就是盒饭。"

其实作为广州公安的一名高级别的干部，李世全是完全有能力为家中创造好一点的生活环境的。可是他的心中，只有工作，没有享受。

李世全出生在农村，从小到大家里生活都很艰苦，后来他凭着不懈的努力考上中山大学。进入公安系统工作后，李世全一直都在经济上接济父母和兄弟姐妹的生活。他一再告诫家人，有什么困难跟他说，但万万不可利用自己之名去谋福利。

廉洁奉公，多年来他一直坚持着这个信念。李世全开的是一辆超过十年车龄的二手车，因为故障不断，常被同事朋友笑他开的是一部拖拉机。他常年背的双肩包拉链坏了，他让家人拿去帮他修好再接着用。他在办公室每天喝水的那个杯子，是一个写着"广州市公安局治安处"字样的白瓷杯……

李世全牺牲后，一直跟在他身边的民警小傅眼含热泪，打开了李世全生前办公桌上最左边的抽屉。这里，装着只有李世全和小傅两个人知道的"秘密"。

"你看，这就是李主任平日救命的药箱。"小傅从这里拿出了十几种各种形状的治疗心血管的药和治疗高血压的药，大家都惊呆了。

原来，早在2017年年底，李世全就曾因头晕前往医院检查，因为一直有高血压，他的心脏、心血管都出了不同程度的病变，高血压也更严重了。当时医生便郑重地叮嘱他必须尽快住院治疗，否则很有可能出现严重后果。

但是一心扑在工作上的李世全，完全不顾医生的苦口婆心，这件事情，除了他和小傅，没有人知道。

后来，李世全就在办公桌抽屉的最里面，设置了这个"药箱"，把医生开的救命药放在这里。他再三叮嘱小傅，不准把他心脏有病的事情说出去，包括他的家人也不要说。这个一直不被第三个人知道的药箱和李世全患有心血管疾病的事情，直到李世全去世后，他的同事、战友、上级和下级才听说。

他就是这样，心中装的满满的全是工作，完全没有为自己留出一点点空间。

于海澎是李世全一手带出来的徒弟，于海澎大学毕业一来到广州市公安局，就跟在李世全身边工作。他们是师徒，是战友，也是非常亲密的兄弟。在李世全晕倒在白云山上的那一刻，他也正在白云山值班，不过他的岗位距离李世全有一定的距离。

听到李世全晕倒的消息，于海澎说自己一下子蒙了，几乎没办法相信自己的耳朵。

于海澎说，在参加李世全遗体告别仪式时，有记者问他："作为公安民警，如果再给你一次机会，你会不会拦住李世全，让他回家休息。"

"当时我认真地想了很久，我想如果我知道现实会是这个样子，我一定会拼命劝他回去休息。可是我也相信，无论我们做什么，他还是会像现在一样冲上去。因为他是一个人民警察。他肩负着自己的使命。"

于海澎说，李世全属于比较早的大学生。在他毕业时，像中山大学这样的名牌高校的毕业生，在各个行业都很抢手的，可他还是无怨无悔地选择了公安这个职业。

"我刚毕业跟李世全一起工作时，他有许多同学都在非常高薪的行业工作，有的还成了全国数一数二的企业家。当时我还很好奇地问他，为什么有那么多高收入的工作他不选，而是选择公安。当时公安收入非常低，工作又辛苦又危险。记得他听了我问的话，仰起头来想了很久，然后笑笑说：其实我也不知道为什么，我就是非常喜欢这份工作。你要一定问我为什么，我只能告诉你，因为热爱，也因为做了这份工作之后，就有了责任。"

因为热爱，也因为责任。这就是李世全的回答。

第九章

致敬！新时代的护航人

对李世全的悼念，延绵不绝。

这不是对李世全一个人的追思和怀念，这是整个社会，对那些为护卫这座城市而献出生命的英烈们、对那些日日夜夜守护着市民安全的公安民警们，最诚挚的致敬。

2021年4月，清明前夕，在广东公安英雄广场上举行的广东省公安厅"忠诚颂歌"清明诗会上，李世全的故事，让无数人泪流满面。

那天傍晚，夕阳的余晖，映照在庄严肃穆的广东公安英雄广场上，恢宏壮丽的红砂岩雕塑的"广东公安英烈墙"上，赫然增刻了一个新的名字：

全国公安一级英雄模范：李世全。

2021年3月20日。李世全的弟弟、妹妹一家人去银河公墓给大哥上坟,墓还没有修好,但地已经平整出来了。

没有忘记李世全的,又何止这一家人。

一

在处理李世全主任后事的过程中,在李主任身边工作多年的"90后"民警小傅是一滴泪都没有掉过的。

李主任走了3个月后,小傅每天早晨开车走在上班的路上,常常还会猛地一激灵:打起精神来,说不定主任一会又要安排我做点什么事儿呢。

小傅是在李世全离开后被发展为中国共产党预备党员的。

曾有人对小傅说,你在政治部主任身边工作,入党就不用排队了,一定会比我们提前入党的。但是没有。

对此，小傅自己并不在意，他一直觉得，关于信仰这些高尚的东西，在自己年轻的生命里还是远了一些，他觉得自己离入党还有很长的距离。

然而，在李主任走了之后，小傅突然开始有了强烈的入党志愿，感觉那些沉浸在自己生命里的东西，突然间变得厚重而清晰。

因为李主任这个人本身，就是看得见、摸得着的共产党员。小傅迫切地希望，自己能成为李主任那样的人。

小傅和李世全同事整整5年，5年间，小傅看得明明白白，李主任的一言一行，每天都是在给他上真真切切的党课。而他的使命，就是要把这个初心坚持下来，传承下去，或许多年以后，也能让别人看见自己。

在清理位于广州市公安局指挥中心大楼2708室李世全的办公室的遗物时，小傅着实吃了一惊。

台面上，书柜里，各部门报过来的文件都贴上了李世全自己标注的书签分好类，叠得整整齐齐，像一排排整齐列队的士兵，随时随地准备出发。

尤其让小傅吃惊的是里面的衣柜里，各个季节的警服、衣物也分好类，几乎一尘不染。他是那么忙的一个人，却可以把每一个生活的细节料理得如此完美，他是怎么做到的？这个儒雅的人果真是有"洁癖"的啊。

平常的时候，李主任的两只手总是自然妥帖叠放在胸前,和人交谈的时候不论对方是市长还是清洁工,他总是习惯性前趋半步,眼神专注,侧耳倾听。"和他在一起工作都特别放松,没有压力,"小傅说,"谦谦君子、温润如玉的描述,用在李主任身上最是恰当的。"

但是李主任却骂过小傅。

小傅因为家事,第一次向李主任请假。

"主任,家里出了点事,我想马上回去一趟……"小傅说。

正在埋头看文件的李世全马上抬起头,关切地问:"怎么了你?"

"老婆小产了……"小傅红着脸说。

李世全一愣,片刻回过神来,一把推开案头的文件站起来,儒雅的脸上,青筋暴绽:"你怎么回事,家里的事情都搞不好。你不是我啊。你可以走得开的呀,你懂不懂啊?"

李世全走后,一想起主任那句话:"你不是我啊。你可以走得开的呀,你懂不懂啊?"小傅心里就疼,很疼。

李世全是在白云山倒下的。

以前小傅从不上白云山,李主任走后,小傅莫名其妙上过两次白云山,走到能仁寺,他就再也走不动了。

他一个人独坐幽篁里,听风穿林打叶声。这时耳畔就会突然响起李主任焦急的话语:"你不是我啊。你可以走得开的呀,你懂不懂啊?"

是的，李主任这回也终于走得开了。但小傅却感觉自己似乎永远走不出这个白云山了。主任走后，他申请调去了刑警队，那是他未来的疆场，他相信在那里他一定会遇见李主任曾经为他指引过的远方。

在整理李主任办公室留下的物品时，小傅意外地发现了一张李主任在中山大学读书时，穿着火红的沙滩裤，抱着吉他忘情弹唱的照片。

原来主任和自己一样，曾经也是校园摇滚小青年啊。那时候青涩飘逸的摇滚青年李世全，和后来"板寸头"的人民警察形象判若两人。

小傅懂得了，为什么很长一个时期李主任的手机铃声总是汪峰的《飞得更高》。原来，他也曾热爱过摇滚，也曾有过滚烫的青春。只不过后来他所有的爱好，他青春的所有时光，都为这一份伟大的工作而让路了。

二

怀念李世全的，不仅仅是小傅一个人。

在李世全的追思会上，一个从化分局指挥中心的女民警字字锥心，如泣如诉：

主任，几乎每个与您共事过的战友，您都记得，不是因为您记性比别人好，而是因为您把他们当成并肩战斗的兄弟装在了心里。年轻民警私底下喜欢偷偷叫您"世伯",在白话里是对长辈无比亲切的尊称。一位与您交集不多的下属在母亲突然病危时六神无主地拨通了您的电话,您连夜联系医院和专家,帮她把母亲从死亡线上拽了回来。可如今我们又该去哪儿把您给拽回来呢?

子朋,广州市委某处干部。子朋的职业生涯,有7年多与李世全朝夕相处。

李世全是改变子朋一生命运的人。

2001年春天,北京市东城区木樨地中国人民公安大学校园里,应届毕业生子朋踌躇满志,期待着自己的未来。在警察类最高学府中国人民公安大学为期四年的本科学习,他的综合得分名列全班第一、全年级前十名。按照当时的政策,前十名就可以获得留在北京的指标。子朋是吉林人,留在北京离父母也近,显然是最好的选择。

但是,就在临近分配前的一个月,广州市公安局治安处秘书科副科长李世全一行的到来,他和另外5个同学的命运,随之发生了改变。

那时,李世全三十出头,中等身材,留着板寸头,但是两个鬓角已经明显有了白发。他操着典型的南方口音的普通话,这在当时以北方字正腔圆的普通话为主的公大校园里还比较稀罕。

李世全本不是一个善于辞令的人,他只是实事求是地介绍了当时处于改革开放前沿阵地的广州的基本状况，以及广州市公安局治安处是干什么的。但是透过这个壮实、敦厚、儒雅的南方汉子不到十分钟的讲述，子朋等6个公大同学却在心里埋下了一颗向往的种子。

留在北京发展固然级别高、机会多，但当时地处中国南大门的广州，为新时代的中国打开了一扇不一样的"南风窗"。它深深地吸引着这些北国的莘莘学子，他们毅然放弃已经到手的"留京指标"，到广州去，到火热的南方去。

南下的同学分成两路。一路在广州东站下车，一路在广州火车站。前者一下车就惊呼，广州果真是梦中天堂，宽敞的大街，天河飘绢，现代摩天大厦鳞次栉比，确实是自己心目中大都市的模样。

而在广州火车站，也就是前文提到的"流花地区"下车的同学，迎接他们的是拥挤的人群，嘈杂的声音，陈旧的设施，不由得他们不倒吸一口寒气：广州原来是这样啊，怎么和想象中不一样啊。

子朋就属于后者。

但是到广州市公安局治安处秘书科报到后，迎接他的还有更多的意想不到。

那时，现代化的广州市公安局指挥中心大楼还没有建立起来。广州市公安局治安处是在与"广州起义公社旧址"一墙之隔的市公安局车库的旧楼上办公。"广州起义公社旧址"是当时国民政府警察局的监狱，那里也是后来被周恩来总理始终牵挂的"红色经典——《刑场上的婚礼》"的主人公周文雍、陈铁军关押过的地方。

子朋的办公室同时是广州地铁一、二号线的交汇枢纽"公园前"站的上盖。一边沉睡着百年前的红色经典，一边呼啸着全国最新最先进的地铁线，新与旧的碰撞不经意间烙印在子朋这样初出校园的学子身上。

上班第一天，副科长李世全把子朋带到办公室最里面一间临时拼夹出来的档案室面前，指着档案柜里标签簇新、排列齐整的一列列档案对子朋说："这一个月你的任务就是把这个柜子里的档案看完，其他的什么也不用干。"

显然，这些档案是李世全一手整理装订出来的。

厚厚的一本案卷里，完整地记录着一个红头文件新鲜出炉的"前世今生"——从经办民警起草，到情况组组长、副科长、科长，到副支队长、支队长，到分管副局长，最后到局长签发的全流程，每一稿都有完整的记录。每一支笔改动过的地方，都有醒目的标记。

过后方知，这一个月的"冷板凳"直接铺平了他日后的道路，成全了子朋二十年职场生涯中游刃有余的文字和协调能力，两手都很硬的"硬核"水平。

但当时，子朋却感觉暗无天日、度日如年：公安大学的骄子，校园里来去的都是穿"白衬衣"的高级警官，而这整一个大楼里，当时却没有一个警察够级别穿"白衬衣"。

看他天天看档案，快退休的大姐以为他闲得没事，就让他帮忙给单位的介绍信盖章。

他有点欲哭无泪，索性给自己堵上了气，"咔咔咔咔……"一路盖上去，竟然找着了像是银行职员点钞的手感，一把掀开5张，一口气就能盖5张，一个下午把大姐库存的所有介绍信全部盖完，堆在桌面小山一样高。

大姐回来一看，感动得不行，逢人就说，这个公安大学的孩子了不起。他因此在治安处小小地出了名。

而一旁洞察这一切的师傅李世全，看着开始在子朋脸上绽放的一抹舒展的笑颜，师徒俩也相视而笑。

很快，子朋就领会了师傅的真传。师傅李世全长他刚好10岁，他管师傅叫全哥，全哥先是让他放手写，接着全哥帮他改，实在改不出来了，全哥就自己写一版出来，默默放到他的案前给他看。然后是再写，再改……

正是这种手把手地帮带，子朋很快就赶上全哥开足马力的"战船"，全哥指到哪儿他就打哪儿。特别是在广交会安保战场上，子朋很快成为全哥的左膀右臂。还有如今广州市KTV歌厅里那一套拒绝毒品的警示语，都是出自当年子朋他们的手笔。

20年过去，弹指一挥间。

"谁与我共同浴血就是我的兄弟"，这句莎士比亚的名言，那时在他们师徒之间可以推演为：没有肩并肩熬过通宵，吃过沙河牛腩粉的人，不算是我的兄弟。熬到半夜，全哥会带他们从教育路的公安局大院走出去，穿过北京路，走去高第街吃一碗"沙河牛腩粉"。

那时候，他们常常看见，粉店门口停着很多高档豪车。那是先富起来的广州富豪们夜生活的一部分。而他们这些从老"十处"秘书科走出来的民警们，应该是当时收入最低的一群人，但他们精神上却很满足。

从他们手里出台的每一个方案、每一份文件，都事关这个每天都在发生着巨变的城市，它正在形成新的秩序、新的发展规则。

…………

当年李世全从公安大学招来秘书科的6个徒弟，无一例外如今都成了广州公安重要部门独当一面的顶梁柱，他们个个都是全哥藏在心底的骄傲。

李世全在家里是长子，在老"十处"秘书科是长兄，谁都离不开他。即便是后来李世全当上了政治部主任，每到过年前总惦记着召集大家吃顿团年饭。直到他走的头一天，他还惦记着刘景喜的孩子满月了。受疫情限制，大家一年多没聚了，他还对大家说："等忙完这阵子，该聚一聚了。"

而每到团聚的时候，景喜、子朋等总改不了"欺负"全哥的德行。

"喝完呀,耍赖啊你,不许耍特权……"明知全哥不能喝,他们偏要"治"他。

而李世全本人似乎也很享受这样的"被欺负",特别是当了分局长、政治部主任以后,能在他身边这样任性闹一闹,说点真话,甚至疯话的兄弟和朋友,平心而论,是越来越少。而他本就是一个念旧的人,非常珍惜与这些非亲非故的"兄弟"的亲情。

交往20年,全哥从来就没有放开喝过酒,想来一是他酒量有限,二来他永远有兄长的节制与担当,而想和全哥喝一顿大酒,一醉方休,哪怕一次也好,从此成了徒弟们今生一个永难弥合的心结。

子朋是这些年唯一不在李世全身边工作共事的徒弟。

他从来没有想过全哥会半路离开他们。对他而言,全哥的存在,就像是一堆篝火,火点燃了,大家就围着他,无话不说,或者不用说话,大家都觉得很温暖,心里都亮堂堂。

可是,当他陪你走过万水千山之后,你一直盼望着那堆篝火能够再次点燃,你有千言万语想对他倾诉,告诉他这些年成长的辛酸,还有成功的喜悦,还有无数只能对他讲的烦恼和忧愁……

那光,那火,怎么能说灭就灭了呢?

子朋是全哥走后,才第一次走进他的家里。

以前,每一次送全哥回家,他都只让他们送到路口。30

年了,全哥每天都在工作的路上奔跑,可是家庭建设还停留在二三十年前的样子,掉粉的墙壁,过时的装修,陈旧的家具,这一回走进全哥的家里,他竟然有穿越回到20年前刚刚走进广州城的感觉。

在他看来,李世全的一生,似乎没有什么惊天动地的壮举,但在突然失去他的那一瞬间,全哥一生累积起来的高尚与纯粹谁都看见了,而且大家都不约而同地突然为之震惊:他是如此平凡,然而他就是英雄,就是我们身边不可复制的英雄。

全哥之所以是他们一生追随的师傅,确实是因为全哥没有"短板"。

平时的交往中,他们都自觉地维护全哥"金刚不坏"的声誉。

广州这地方,滚滚红尘、俗世人间,谁没有欲望?谁不求人办事?但越是与全哥亲近的人,反而越是不给他出任何难题、提任何非分的要求。而李世全身上自然散发出的这种不食人间烟火的气息,想不到就这样日复一日、年复一年地潜藏在他浅如春草又浩如烟海的平淡日常里。

在小傅的记忆里,李主任有时错过单位食堂的饭点,就让小傅到起义路单位门口的大排档买点外卖回来,价钱从2块到15块的粥粉面,这些年他几乎都吃了个遍,每次都吃得汤渣不留。小傅难以判断哪些是他喜欢吃的,哪些是不对他口味的。直到在白云山倒下的前两天，他才对小傅说，这个炒饭以后就不要再买了，调味料太重。

小傅这才明白他的口味，只是知道得已经太晚了。

三

2021年，在首个"中国人民警察节"来临之际，李世全的微信"四月天"，依然收到很多的问候和祝福：主任节日快乐！

多少人都在心里觉得李世全还在自己身边，从来没有离去过。而在"平安广州"公众号上，认识和不认识他的市民还在给他留言——

"重阳那天我登了一天的白云山，傍晚下山回去，看见民警们正在各个岗位执勤，真的让人肃然起敬！没想到竟然出了这样的事。英雄！一路走好！"

"来广州20年来，能切身感受到广州公安对'平安广州'所做的大力建设成果！正是在百姓的背后，有无数李主任这样纯粹的英雄负重前行，保护着一方安宁，才有当今的岁月静好，安居乐业！今痛失英雄，实在惋惜，愿一路走好！人民英雄的精神必将永垂不朽！"

"回望过去，大家高中毕业各奔东西，大学毕业也是忙着工作生活，直到近几年才稍有时间偶尔聚聚，但每次留着的饭菜都凉了热了又凉了都不见世全同学的出现，或者来了吃两口又有公务，看着真是很心疼，英雄过度劳累了。你的音容笑貌历历在目，不愿相信你已经离我们远去，我更相信英雄再踏征程，在白云之上化作熠熠生辉的星辰，继续守护着羊城人民，愿英雄一路走好。"

四

李世全走了，他走在自己热爱的工作岗位上，走在他为之奉献了一生的公安事业上；走在了维护广州安全、保护千千万万个广州市民的路上。

而在公安系统，在人民警察行列，千千万万个李世全，还在这个特殊的岗位上，努力不懈地前行着。

人民不会忘记他们。

中国人力资源和社会保障部、公安部决定，追授广东省广州市公安局李世全同志"全国公安系统一级英雄模范"称号。

2021年3月10日上午，广州市公安局隆重举行了"全国公安系统一级英雄模范"称号的颁授仪式，向李世全同志致以最崇高的敬意和怀念。

这不但是李世全的光荣，也是国家给予广州公安的至高无上的荣誉。

"全国公安系统一级英雄模范"称号，是作为一名公安民警在公安系统内的最高荣誉。其审批非常严格，评选标准也是非常高的。

根据国家《公安机关人民警察奖励条令》，对成绩卓著，有特殊贡献和重大影响，堪称典范的，可以授予荣誉称号。授予个人的荣誉称号分为全国公安系统二级英雄模范、一级英雄模范称号。

这也是广州公安有史以来第二位获得国家"一级英模"荣誉的个人。

广州公安第一位"一级英模"的获得者是杜庭斌（1970—1995），男，广东省番禺市（今广州市番禺区）人，汉族，高中文化。1991年10月参加公安工作，在广东省番禺公安局灵山派出所任一级警员。1995年12月18日，有3名歹徒持枪和刀抢劫一辆中巴车，打伤乘客后逃跑。杜庭斌接报后，立即投入追捕歹徒的战斗，不幸多处被歹徒砍伤，壮烈牺牲。1996年3月22日，公安部追授杜庭斌"全国公安系统一级英雄模范"称号。这是广州公安史上第一位获得这一称号的英模。

李世全，是广州公安历史上第二位获得"全国公安系统一级英雄模范"称号的英模。

第十章

他们共同的名字：人民警察

在我们书写李世全的同时,越来越多地听到关于人民警察的英雄事迹。

不仅仅是一个李世全,在广东,无数人民警察前赴后继地守卫着我们的安全。珠江两岸鲜花盛开、阳光明媚的背后,离不开他们一代又一代的付出。

他们的事迹,正鼓舞和温暖着一个时代。

一

戴维列,全国"公安楷模",广州市公安局刑事技术所所长,李世全中山大学的师兄。戴维列1988年走进广州警队,而师弟李世全,1990年跟随着他的脚步,也进入了广州公安警队。

同事们习惯叫他戴所、戴老师。戴老师是广州公安刑侦技术战线的一面旗帜,一直就是。

多年前,广州城几乎每一起轰动一时的重特大案件背后,都有他这样处于技术核心岗位上的"关键少数"的人物在默默付出,但是很少有人能够采访到他。而关于他的传奇故事又不断通过一些令人敬佩的办案民警的讲述传到笔者这里,在谈到案件最初是怎么突破时,他们都不约而同地说出一个名字:戴维列。

"现场是戴老师看的。"

记得多年前笔者曾采访过一位赫赫有名的广州公安缉毒英雄,他说:刑侦战线,他最敬佩的人,是他的老师,也就是戴维列。笔者当时不太明白,你一个缉毒战线的侦查员,他一个刑侦战线的技术员,怎么就能成师生关系呢?

那位缉毒英雄说,在他看来戴维列本质上就是一个侦查员,是一个有技术的侦查员,他永远都是"泡"在案发现场的,他除了自己不亲手去抓人,其他案侦工作的各个环节,全链条,他都堪称数一数二的专家。

直到2021年8月,公安部"公安楷模"表彰大会:"把一切献给党"——广东公安忠诚楷模事迹报告会,才让我们有机会走近这位神秘的英雄。

戴维列,是在湘江边上一个兵工厂大院里长大的"60后"。在他的成长经历中,耳濡目染的是先辈们甘于奉献、勇于牺牲、开拓创新、迎难而上的事迹,其中,厂长吴运铎同志的故事对戴维列产生了深深的影响。吴运铎是新四军兵工事业的开创者、新中国兵器工业的开拓者,是影响了一代又一代人的《把一切献给党》这本书的作者,被誉为"中国的保尔·柯察金"。为了研发枪弹,他4次负重伤,4根手指和1条腿被炸断,左眼被炸瞎,全身有200多处炸伤。他在书中却写道:"只要我活着一天,我一定为党为人民工作一天。"

戴所今年57岁,而他珍藏了一本68岁的书,那是父母送给他的，印刷于1954年的《把一切献给党》。父母给他取名戴维列，苏维埃的"维"，列宁的"列"，而他，从来没有推敲过父母给他的这本书和为他取的名字对他一生的影响。

1988年，戴维列从中山大学研究生毕业，作为广州公安也是广东公安的第一个硕士研究生，走进了广州市公安局刑事技术所，从此开启了34年的刑警人生。

作为刑事技术民警，案发现场是他们的主战场。不管白天黑夜，不管寒冬酷暑，不论是人迹罕至的山野，还是臭气熏天的沟渠，只要有案件发生，他们都必须抢在第一时间赶到案发现场进行勘验。破案，还原真相，伸张正义，成了他一生努力的方向。

20世纪90年代，广州及周边地区出现了利用新型强效安眠药进行麻醉抢劫、凶杀的案件，影响十分恶劣。而用于作案的麻醉药物在人体内代谢速度非常快，几乎无法在事主体内或尸体内检出。

在相关案件多发的紧迫情势之下，戴维列和同事们决定在自己身上做试验。他服用麻醉药在实验室昏睡了两天两夜，同事定时在他身上取样进行检测。当时，他们就是靠着这种"笨办法"摸清了药物在人体内的代谢的规律，检测出了事主体内难以检测出的成分，及时遏制住这类新型恶性犯罪案件的蔓延。

这种用身体做实验的方法，是有风险的，但是戴维列说，在那种情况下，每一个刑技人员都会做出同样的选择。

小时候读《把一切献给党》这本书时，他还不能完全理解他们那一代人的信仰与追求，人生半百，蓦然回首，才发现，他身边不少人，其实长大以后也成了书中那样的人……

刑事技术工作与兵工研发工作有许多相同之处，在从事爆炸物、枪弹检验时也需要对各种爆炸物和枪弹进行拆解，其中的危险不言而喻，也曾经发生过在拆解高敏感性炸弹时意外发生爆炸导致刑事技术人员牺牲的情况。

市公安局刑事技术所有一名老党员、老技术人员，现在退休了，他们称呼他老黄。老黄的工作其中一项就是对爆炸物、枪弹进行检验，每当他们接到难度大、危险性高的检验工作时，他总是抢着上，而完成任务后，同志们总喜欢说："老黄，牛啊"，久而久之，他就有了一个外号叫"老黄牛"。事实上，他就是一名"老黄牛"式的共产党员。

2005年，广州市公安局在一宗走私、贩卖枪弹的案件中缴获了一批枪弹，需要对自制的枪弹进行检验。由于不知道非法制造爆炸物、枪弹所用工艺、成分，因此对自制爆炸物、枪弹的检验是危险性最高的工作之一。为了给案件的侦破提供更多的线索与证据，别无选择，老黄默默地承担起了对自制子弹进行拆解这一项危险工作。

那时，同事们都屏住呼吸，远远地看着他，只见他使用工具小心地拆下弹头，倒出发射药，用镊子小心地夹住弹体，最后对子弹的底火进行拆解。子弹的底火是最敏感的部分，轻微的撞击就可能会导致击发。当老黄用另一把镊子触碰火帽的一瞬间，"砰"的一声，子弹的底火发生了爆炸，炸裂的弹片四处飞射，老黄的双手、面部等裸露部分顿时鲜血直冒。同事赶紧将他送往医院，万幸的是，没伤着眼睛，爆炸的当量也不大，双手也保住了。像这样受伤，老黄从警一生不知经历过多少次。

在广东警队，像老黄这样在如此高危险岗位上坚守了大半生的警察，还有不少，他们各有各的不同，但有一点是共同的，就是在任务面前，在危险的关口，他们从来没有退缩过。

在这两年的疫情防控战役中，刑事技术所先后派出17名党员干部参加了流调专班，在研判室、密接者、感染者身边都有他们的身影，特别是建立了以法医人员为主的流调队伍，深入到患者的身边，其中，一名"80后"的法医博士就零距离地守卫在风险最高场所的患者身边，十天十夜开展流调工作，这种为了人民的利益，舍生忘死、无惧艰险的选择和壮举，就是"老黄牛"精神的传承。

30多年来，正是通过一代又一代不怕困难、甘于奉献的刑事技术人员的努力，攻克了一系列卡住刑侦一线脖子的关键技术。

2003年，戴所被诊断患上淋巴瘤。可是，疾病依然没有阻挡住他一直走在去现场勘查的路上。

我们问他,为什么?他想了想,深吸了一口烟,又是那熟悉的呵呵一笑,说:"我想,死谁都怕,但活着,更重要的是热爱。"

2021年,"把一切献给党"——广东公安忠诚楷模事迹报告会上,戴维列瘦弱的身体,淡定地伫立在舞台中央,掌声响起,在场不少人的眼角不由得湿润起来。

二

邬松君,获评全国"最美基层民警",在全国200万人民警察的行列里,像他和李世全这样,长年战斗在基层一线的人民警察,就有超过180万之多。

邬松君出现在我们面前时,那一双"剑眉寒星"的眉眼格外醒目。

邬松君是广东兴宁人,生于1976年4月的他,是家中6个孩子中最小的,也是最不爱说话的。但是上树掏鸟蛋,下河摸鱼虾,他却样样精通。他的父亲是罗浮镇十里八乡有名的兽医,父亲总说,这个小儿子要是生在过去战争年代,凭他这能冲敢闯的禀性,天生就是上前线杀敌的好苗子。

果然,在邬松君当上警察的第十天,就打了一场永载广州公安历史的大仗。大家至今聊起这场仗,都觉得充满传奇。

1999年8月8日当晚,新兵蛋子邬松君奉命和战友们上路设卡盘查车辆。

他是警校毕业生,却还没有经历过实战,来到卡点后,他向带队的队长提出了一个问题:一会儿真要遇到了持枪的歹徒,我们该怎么办?

队长觉得这个新警很爱思考,就把他提出的问题交给大家一起讨论。于是大家不断出招,一个说抱住歹徒,一个说拿手铐铐上……

当日深夜11时20分左右,芳村区珠江隧道口,一辆"夏利"出租车,有些迟疑地被拦下来。邬松君奔过一看,发现坐在车后排的只有一名乘客。

此人三四十岁的年龄,腰间鼓鼓囊囊的,脚边还有一个黑色胶袋。

邬松君即冲着他说:"请你下车接受检查。"

那人看了看邬松君有些稚嫩的样子,磨蹭了一阵,拎着一个黑色编织袋终于下车来了。

邬松君指着那个黑色编织袋问:"这是什么?"

那人犹豫了一下,在邬松君又一次追问时,终于迟疑地说:"是枪。"

"枪"字还没落地,只见邬松君像小豹子一样,"噌"地从侧后一跃而上,将那人的双手紧紧扣住,然后大声呼叫战友。战友们也迅速包抄过来,将歹徒和邬松君团团围住。

邬松君大喊"手铐",因为他分明感到这个肉贴肉、骨抵骨和他"粘"在一起的家伙,俨然是就要出笼的猛虎,正狂啸着乱踢乱蹬,他全身的骨骼快被踢散架……想到刚刚讨论过的计划,他一面紧紧地抱紧对方,一面大叫:手铐!

手铐迅速拿了过来,把对方铐住了。

随即从那人怀里搜出了1支带红外瞄准仪的54式手枪,子弹已经上膛,接着又在其腋下搜出已上膛的仿64式手枪1支;打开黑色的编织袋,只见长短枪3支,弹夹、子弹一堆……

那晚回到营地宿舍,已经很晚。"第一次上岗出外勤就抓了一个贼",邬松君心里还是满心欢喜。正准备离开时,领导匆匆赶来,让他"先别走"。他有些忐忑,往外看了一眼,只见外面陆续开进许多警车,很快把操场停满了。

直到这一刻,警号为033239的新警邬松君,还不知道,刚刚被他双臂箍紧并铐住的人,不是别人,正是"祈福新村七人命案"的主凶苏桂标。而就在两天前,苏桂标驾驶着机动船、手持冲锋枪在南浦水域向追捕警船疯狂扫射,得以从重兵把守的珠江沿岸的水路封锁线漏网而出。但是苏桂标怎么也没想到的是,刚刚上岸,就撞上年轻的邬松君的枪口。

有人说,邬松君生来就是做英雄的,他的从警生涯,功奖无数:先后荣立个人一等功2次,获评"全国先进工作者""全国特级优秀人民警察""南粤十佳卫士"……

高考的时候，邬松君所有的志愿填的都是警校。体检时，教官说他手臂有问题，伸出来不平整，准备给他拿掉。其实，是他过于用力，粗壮的肌肉鼓出来，看起来高低不平，好在一旁默默打量他的领导把他保下来说："当警察嘛，胳膊粗一些以后总会派上用场……"

邬松君说，他从来就是见招拆招打乱拳，只是心里有着特别强的信念：我就是要抓住你，我就是不能让你跑掉。

一年夏天，邬松君在街面看见3个"飞车贼"把3个女士按在地上抢劫，他恨得心里痛，向歹徒狂奔追去，但是那一次，他没追上……

从那以后，他一直在跑步，常常一跑就是十几公里，全身湿透像是从水里拎出来一样。跑得快，才追得上嘛。自从那次之后，这些年被他盯住的目标，一个也没跑掉。

有一次在芳村客运站，歹徒抢劫得手后，他一路追，追到歹徒跑不动了跳进河涌，他用木棍把手铐吊着放下去："你自己铐上去，我把你拉上来。"歹徒只得乖乖就范。

此去经年，便衣警察邬松君一直没有离开过路面伏击这一个战场。20余年间参与破获案件2200多宗，抓获嫌疑人1900多人……在生死一线的交锋中，他被飞车撞飞过，被霰弹枪打倒过，被铁锤敲伤过腿，被木棍砸伤过头，至今身上留下13处陈旧性伤痕，而他集多年战斗经验之大成，提炼出的"五三打飞车"工作法，入选《警务探索之光》。正是这样的微光,星星点点,照亮了广州社会治安持续向好的道路。

打击的锋线上,邬松君是公认的"霹雳手",而为官一任,他更有造福一方的"菩萨心"。

2019年,邬松君升任广州市公安局荔湾分局中南派出所所长。面对"城中村"治安防控难题,他果断引入"智慧安防",一举荡平辖区一度高发的"入室盗"、涉黄、涉赌警情,群众获得感显著提升。

2021年5月,辖区突发本土新冠肺炎疫情,实施全域封闭式管理之初,群众难免情绪焦躁,面对6万多群众的诉求,他沉着地站出来,只有一句话:"请相信我,只要我还站在这里,就没有解决不了的难题!"这句话出自平时不爱多言的他,很让人意外,他说得很动情,因为他有满满的底气。

连续30多天,他成了人们口中"以办公桌为床"的所长。实在太累了,就趴在办公桌上眯瞪一会。日夜不停,紧急调配抗疫物资,由于身体极度疲惫,在搬运物资时,不慎左脚踝筋膜拉伤,仍然一瘸一拐地继续坐镇办公桌前,统筹部署辖内所有的工作。

而让他最感欣慰的是,从警20余年,跟随他出生入死并肩战斗的战友们,无一人受伤,都被他保护得好好的。疫情期间,他带的队伍也实现了零感染,零隔离。

2021年6月1日,居住在被管控的辖区海南村的居民拿着女儿的准考证拨通了110报警：女儿徐敏马上要参加高考，考场在湖南耒阳。十万火急，邬松君一边让民警肖志民步步跟进，自己即刻电告上级，得到的答复是，考生不属于我省生源，不清楚湖南当地政策。她回耒阳参加高考，需不需要隔离？到了6月2日，各部门都没有确切答复。考生一家心生绝望。但邬松君说：绝不放弃。6月2日23时，在他们的指导下，徐敏家长下载国务院政务平台App，在"为群众办实事"栏目留言，当晚国务院介入。启动响应，指定广东、湖南两省教育厅专线对接。广东省教育考试院连夜出台《关于妥善安排受疫情影响考生参加高考的通知》。6月4日，徐敏家长接到广州市教育局信访局电话：徐敏的事情，已成立专班正在跟进。

2021年6月6日清晨，天空飘着细雨，严密的疫情防控在多数人无法觉知的紧张中悄然持续着，广州城一片安宁。在邬松君和中南街道干部的护送下，高考生徐敏登上护考专车。

后来如愿考上本科院校的徐敏十分感慨："虽然疫情下，我们都显得那么弱小无助，但广州不愧是英雄城市，这里有很多高大的人，会站出来，保护我们。"

三

刘礼伟是河源市龙川县公安局禁毒大队民警，和戴维列、邬松君不同的是，从警20年来，他的胸前没有一个奖章。他是几十万广东公安中最平常的样本，是全国180万基层民警中，最普通的那一种。平时，他们却是像李世全这样的政治部主任心目中最惦记，最关切的那一类人。

一个偶然的机会，笔者走进了刘礼伟的家里。他的家，在东江岸边，一栋楼龄已经二三十年，且没有电梯的普通楼房的顶层。家里真干净，像水洗过一样。客厅里摆放着一个跑步机、一个古筝、一个书柜，一个大的透明塑料袋里放着各色药盒，表明主人家需要长期服药。

2002年刘礼伟考上公务员当了警察，被分配到龙川县公安局枫树坝派出所。派出所在库区，所里人不多，遭遇过一次泥石流的灭顶之灾，但那一次刘礼伟正好在出差，躲过了。4年后，他调入龙川县公安局禁毒大队，从此就在缉毒战线扎了根。20余年里，他抓获制贩吸毒人员300多人。特别是2014年至2016年接连破获5宗龙川公安历史上罕见的重特大制毒案件，缴获毒品3000多公斤。

每一宗案件，从接到案件线索，到侦查、抓捕、审讯，到移送起诉的每一环，每一链，从零起步，从无到有，直到审结完毕，全链条闭环，他都是一己承担。而这个过程，也是他从一个对办案和毒品完全陌生的"小白"一步一步变成了专案"工匠"的过程。

这个蜕变的过程，他完全是无知的，直到有一天，局长在大会上,点他的名:"刘礼伟,站起来。"

他吓了一跳,满脸通红,不知所措。

局长拿着他办结的专案卷宗,爱不释手,赞不绝口:"案件就要像刘礼伟这样办:证据链严密,干净,有枝有干,像大树一样,扎下去有根,顶得起天,这样的案卷,才是漂亮,经得起时间和历史的考验。"

从此以后,刘礼伟侦办的案件卷宗,成为龙川和河源公安缉毒战线办案民警的教科书。

有一次,他们为了找到犯罪嫌疑人藏在深山里的制毒工厂,午后进山,遇雨迷路,在悬崖峭壁的泥泞山路上冒险走了一个通宵。为了不打草惊蛇,他们从后山抄小路,所谓的小路,实际上是"世界上本来没有的路",因为他们硬是要走,就成了小路。这一路上,出其不意的泥石流,搞得他们狼狈不堪,最惊心动魄的时刻,是顺着泥石流和枯树根一起冲刷到一块大石头前,好不容易扶着石头,直起身子来,借着电闪雷鸣的光,这才看清楚,与这救命的石头一步之隔的,是万丈悬崖。

这样惊人的透支,直接导致了刘礼伟免疫系统的崩溃,在被妻子强令去省人民医院检查时,医生拿着他的双肾肾小球已坏死50%以上的检验报告单对他说:"你这是对自己的身体太不负责了,肾功能的衰竭是不可逆的,一旦得病终生吃药。"

在刘礼伟病情稍稍稳定后,他又投入到了工作中,办案子,带徒弟,忙得不亦乐乎。

妻子黄老师理解他,一个人只有在工作的状态,他的心态才是最佳的,他虽然不用再熬夜,当卧底,但常常和徒弟们交流办案心得,他乐在其中:什么人适合采用心理攻势,怎样捕捉收网的最佳战机,网络战场证据链怎样固定……他越钻研,越觉得人生重新生长出新的起点和意义。

在国庆一级勤务期间,尽管腰痛复发,刘礼伟仍然不顾领导和同事们的劝说,坚持在单位值班,黄老师一个人带着孩子回老家,毫无怨言。

黄老师说:"他这一辈子最爱的就是他的工作,他是一个离不开岗位的警察,那是他的选择,懂他,就是要支持他。"

多年来,刘礼伟习惯了默默无闻。

…………

20多年间,上百位警队英模、200多万字的警察故事,厚厚地堆在案头,对笔者而言,李世全是众多警察英模中的一个,他的故事,其实也是"宛如平常一段歌"。无论他们是叫李世全,还是戴维列,还是邬松君,还是刘礼伟……其实,他们都有一个共同的名字:人民警察。

2021年,清明节。

广东省各级公安机关以多种形式开展了清明节缅怀公安英烈的主题活动,深切缅怀为广东公安事业英勇献身的公安英烈,激励广东公安民警进一步坚定政治方向,保持忠诚本色,汲取前行动力,全力做好维护国家政治安全和社会平安稳定的各项工作。

此外,广州市公安局还举办了"无悔的忠诚"——2021广州市公安系统清明主题诗会。诗会上,李世全的战友们,通过诗朗诵、歌曲等文艺形式,通过线上线下的各种形式,向公安英烈致以最崇高的敬意。一首怀念李世全、赞美人民警察的诗歌《你是人间四月天》,排在了最前面。在此,请允许我们以这首诗歌为本文作结。

你是人间四月天

你生在四月
四月芬芳了你的生命

2020年重阳夜
你轰然倒下的消息
沿着起伏的白云山
在整个广州城飘来荡去
那一直飘进这个四月的

守护

全是你芬芳生命化作的雨——

从白云山到起义路
从2008"冰雪春运"的广州火车站
到"奥运火炬"传递的万里长街
从"广州110"的总指挥台
到"亚运安保"的海心沙
从1986年的中山大学校园
到1968年降生你的清远……
整个广东凡是你走过停过的泥土
都悄无声息地湿润了
咸咸的酸酸的一滴又一滴浸在雨里……

你是怎样的一个人啊
直到那最后告别的时刻
我都不敢看你那双总是悲悯
总在忧患的眼睛
你生而孤独你看向哪里
哪里就是一片寂静
喧嚣的城市因之
一声又一声叹息
一片又一片落雨

第十章

你以寂静

战胜30年从警生涯里所有的急难险重与艰难困苦

战胜52年来泊在你孤单生命海绵里的一切时间和记忆——

1990年,你从中大校园的骄子走进广州警队的那一年

正是广州社会治安最严峻的时刻——

不到10个月的时间里广州警队痛失7位搏命勇士,银河公墓多了7名革命烈士

那是挺立于改革开放前沿阵地的广州警察直面急剧转型的社会必须付出的代价

你明明知道这样的代价对于一个平凡的人一个普通的家意味着什么

你的同学多半涌进了商海开公司办企业

为什么你独独选择了警察这个加班多薪水少的职业

其实,2008年广州春运,你就倒下过一次

面对百年一遇的冰雪灾害,

11天里不眠不休,你们应对着"共和国治安史上前所未有的公共安全危机"

你突然晕倒,一头栽倒在指挥部冰冷的水泥地

战友们拼命呼唤,你终于醒过来,又继续投入不眠不休

守护

的战斗里

而这一次,任凭我们怎样啼血喊你,老天再没能给你一次幸运

今夜雨丝如织点点滴滴

那些你战胜过的时间与记忆

在这四月天的雨水中集结

从城市的各个角落

从白云山沉重的路基

从雨水击破珠江水面的千疮百孔里

"咕噜噜"地冒出来

一点一滴一线一丝

栩栩如生寂静如你

失去了你

等于失去了我们全部

你

是我们全部的失去

众声喧哗你从不显现你自己

却是长在我们血肉之上的灵魂与精神

你不孤单我们如影随形

你走后第二天你的父亲竟也随你而去

他这是代表我们去追问你

你为什么而来

又为什么远去……

失去了你

就是失去我们自己

而此刻

我们唯一能够为你做的

就是在这一场漫山遍野铺天盖地的冷雨里

一点一滴集合起来

一步一步走进你的寂静

紧紧地抱在一起抱紧你

永不分离……

今夜我们在雨丝里读你

你从我们的队伍中出列

化作"广东公安英烈墙"上又一个新的名字——

"李世全"——

这么亲那么近

这么近那么远

活着的时候

你是赤诚是浪漫是热爱是温暖

今夜再见

你是血脉是灵魂是家园是力量是希望

你是人间四月天

你是人间四月天